SI Libretto——005

読書と人生

刑法学者による百学百話

日高義博

専修大学出版局

はしがき

本書は、講演の録音テープを反訳して原稿におこした「読書と人生」（Ⅰ）と、随想を集めた「読書随想」（Ⅱ）、「滞独随想」（Ⅲ）、「坐忘居随想」（Ⅳ）の四部からなっている。本書は、私の専門領域である刑法関係の著書とは、文章の趣がだいぶ違ったものになっているが、本書のようなものの方が書いていて楽しい。体系的思考や論理的思考は学問する上では重要だが、それだけではもの足りない。明晰な思考の中に、直感的に引き出されたものとか、情から発露するものとかが織り込まれている方が、何とも魅力的である。このことを、文章を書くときには心掛けてきた。本書に収録した随想もその文章作法を目指したものである。

大学二年生の夏、刑法の研究者になろうと決意し、爾来四十数年間、刑法学の道を歩み続けてきた。つい最近まで、自分の刑法学の根底にどんなものが横たわっているのか省察してみることはなかった。昨年一一月、入間市立図書館から「国民読書年記念文学講演会」の依頼を受け、これまで刑法学以外に、どんな書物をどんな関心から読んでいたのか振り返ってみた。それは、無意識的に私の刑法学の根底に流れている地下水脈を見つける作業でもあった。

講演のタイトルは「読書と人生」としたが、人生をどう生きるべきかという問題にまで踏み込んでいるわけではない。私の歩いた道のりと読書との関係を説くに止まっている。いわば自己対話の域を出ないが、書物を読みながら考え、さらに考えながら読み、マグマとなった思索を文字に書き表し、知恵を伝えていくことが文化形成の上で大切なことを解き明かそうとしたものである。

本書には、講演の「読書と人生」に加え、これまで研究の折々に書いてきた随想を収録した。随想は、どちらかと言うと私の地下水脈から湧き出るものが多いが、それでも端々に刑法の研究者としての眼差しが生きている。刑法学者としての客観的・論理的な思考と主観的・非論理的な情の動きが彩りをなしている。私にとって、この両者のせめぎ合いが随想を書く面白さでもある。話題の設定は、関心に比例して広がり、学問の辺領域に踏み込むことになる。それは、また知的冒険の旅として楽しいものである。

本書に収録した随想は、文調も文体も統一されていない。文章は、誰を対象として、かつ何を目的として書くのかによって、文体も文調も変わる。刑法学の論文と随想では、明らかにその文体が異なる。前者は、主語や目的語を明確にし、かつ誰が読んでも意味を取り違えないように、理論的に筋の通った結論を単文で書き表す必要がある。後者は、情緒的な表現も言葉の遊びも許され、文体も文調も自由である。しかし、随想にあっては、その時々の状況を踏まえ、印象に残る言葉で心情を描き、人の心を動かす文の躍動が求められる。

収録した随想は、三〇年ぐらい前のものから最近のものまであり、時代背景も様々である。また、固有名詞にも時代背景がある。とくに滞独随想の中には、「西ドイツ」という表記があるが、ドイツ統一前の時代背景が前提になっているので、執筆した時のままになっている。文調・文体だけでなく、固有名詞も不統一であるが、執筆した時々の背景を推察しながら読んでいただければ幸いである。

三月一一日、東北地方太平洋沖地震が発生したとき、専修大学神田校舎の理事長室で「読書と人生」の反訳原稿を整理していた。マグニチュード九・〇というかつて経験したことのない巨大地震、大津波等によって被害は日に日に拡大し「東日本大震災」と言われるに至った。石巻専修大学は激震地にあり、学生が死亡するなど大変な状況下に置かれた。専修大学では生田校舎三号館等が損傷し、授業運営に支障を来す物的損害をもたらした。

この東日本大震災のなかで出版作業を行った本書には、本学の被災学生を幾許かなりとも支援し、専修大学・石巻専修大学の復興に寄与することができればという願いが込められている。本書の売上は、本学の「教育研究振興協力資金」に充てられることになっている。

この趣旨を実現するため、専大センチュリーの渡辺政春社長、専修大学出版局編集部の笹岡五郎さんをはじめ、多くの関係者から温かい支援と協力を得た。厚くお礼を申し上げたい。とくに、ニューピーアールの中村晴彦カメラマンには、多忙の中、多くの資料を写真データにしていただいた。本書に挿入されている写真で鮮明なものは、ほとんど中村さんの厚意によるものである。また、本書の校正は、私の研究室の張光雲（大学院法学研究科博士後期課程）、稲垣悠一（大学院法学研究科博士後期課程）、清水俊佑（法科大学院修了）の三君の助力による。さらに、既発表論稿の収録を快諾して下さった関係各位に対しても、感謝の意を表する次第である。

日髙　義博

平成二三年六月一五日

読書と人生＊目次

II 読書随想

Ⅲ　滞独随想

Ⅳ　坐忘居随想

I　読書と人生

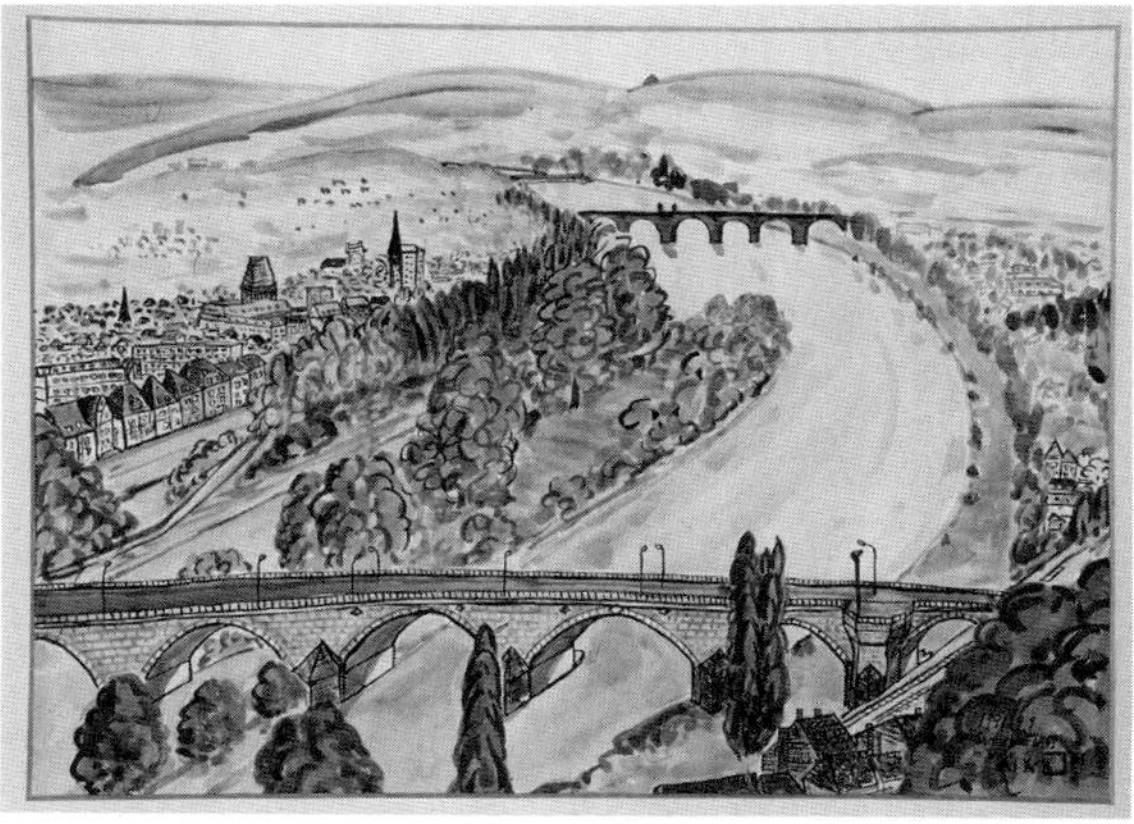

著者作・水彩画「トリーアの風景」

1　はじめに

(1)　皆さん、こんにちは。専修大学の日高でございます。老眼になりましたので、時間がよく見えるように携帯の時計を横に置かせていただきます。入間市の図書館のほうから、何か講演をしてほしいとの話を賜りました。昨年も入間市からご依頼がございましたが、専修大学の創立一三〇年記念の事業がいろいろありましたため、全然スケジュールの調整がつきませんでした。今年も断わることになると、「もう入間市に住むのは止めてほしい」と言われそうなので引き受けました（笑）。テーマは何でもよいということだったので、その場でどうにか考えてお話のできるものにしようと考え、「読書と人生」というタイトルにしました。

後日、入間市図書館の担当の方から届けていただいた資料をよく見ますと、「文学講演会」となっていました。刑法学者の私が「文学」を語ることは少し場違いなことだし、堅い刑法学から文学論を話すことは退屈な話になってしまうので、これは困ったと思いました。しかし、後の祭りです。引き受けた以上は、何とか役目を果たさなければなりません。

そこで、文学論というよりも、文学にあまり専門でない者が、どういうふうに文学に親しみ、そして専門の研究の下敷きにしているのか、そういう視点からならば、何とかお話ができると思い直して、本日の文学講演会に臨むことにしました。そこで、小さい頃から今日まで読んだ本のなかで、印象深かったものを、記憶を辿ってカードにリストアップしてみました。すると、興味にまかせ漫然と読んできた沢山の本にも、何か繋がりがあるように思いました。最後は、読書の底流にあるものが、私の専門であります刑法学にも繋がっていると思いました。これからの話の内容が、皆様の興味を引きつけるものになっているか心配ですが、最後まで飽きずに聞いていただけるよう話したいと思います。大学の講義時間は九〇分ですので、私の体内時計は九〇分が染み付いています。九〇分で話すことはとても楽ですが、全く専門外の話をするときに皆さんを九〇分間引きつけて話せるのか、それは今日やってみないと分かりません。途中で面白くなかったら、席を立って「さようなら」と帰っていただいてもよかろうかと思います（笑）。

(2) 先ほど入間市の加藤英一図書館長からお話がありましたが、国民読書年を記念しての講演会でもあるということです。私の専門は法律ですので、国民読書年のベースになっている「文字・活字文化振興法」を読んできました。平成一七年七月に制定されている法律です。この法律を制定せざるを得なかった背景が、私にはよく分かりますけれども、一般の方々にはピンと来ないでしょうし、またその法律に基づいて、なぜ読書年なのかということも、ピンと来ないのではないかと思います。本講演の最後は、そのことに話の落としどころを持っていきたいと思っております。

これから話すことの道筋をある程度説明しておかないと、話の脈絡が掴みにくく、何を喋っているのか面白くないということにもなりますので、話の進め方を述べておきたいと思います。

研究者にとって読書は日常茶飯事のことです。本を読むのは日常的なことであって、義務的なものでもありません。読書が習慣になっていると言えます。私は刑法学者ですが、専門領域を超えて、自分の中に染み入っている「文学」というものがあります。小さい頃から研究者になるまでに、文学がどういうふうに染み込んできたのか、なぜ突然変異の如く刑法学者になったのか、今回の講演を機に考えました。

私にとって文学はどんなものであったか、本との出合いはどうであったか、そしてどう自分の思索の土台になっているのか、こういったことを今回はお話しすることにします。刑法の研究者になって四〇年近く経ちましたが、初めて自分がどういう視点で本を読んでいたのかを振り返ってみました。いわば体験的な「文学」を話すことになります。何とか最後まで面白い話になるように努めたいと思います。

2　人生にとって本は何のためにあるのか

(1)　本論に入る前に、人生にとって本というのは、一体どんなものなのか、何のためにあるのかを、前置きとして話しておいた方が後の話に繋がりが出てくると思います。弘法大師を皆さんもご存じですね。空海です。空海が五七歳の時に書いた本があります。空海は六二歳で亡くなりますので、人生の終着駅

に近い時期に書いたものです。その本の題名は、読むのも難しいですが、『秘《ひ》蔵宝鑰《ぞうほうやく》』というもので、(1)仏教思想における真言密教の位置づけと、その優位性を解き明かした書物です。この書物の冒頭に、今回お話しすることのヒントになる言葉があります。それは、次のようなものです。

「悠々《ゆうゆう》たり、悠々たり、太《はなは》だ悠々たり、内外《ないげ》の縑緗《けんしょう》に千万の軸《じく》あり。杳杳《ようよう》たり杳杳たり、甚だ杳杳たり、道を云い道を云うに、百種の道あり。書死《た》え、諷《ふう》死えなましかば、本《もと》如何んがせん」

「内外の縑緗」というのは、仏教並びに仏教以外の書物のことです。縑緗というのは本を意味します。「縑」は絹のことですが、古い書物で良いものは、紙の上に絹を張っています。紙と墨とは相性がよくて、書いた文字は千年以上も色褪せませんが、絹を張ると丈夫で豪華な書物になります。昔の書物は巻物ですから、「軸」があり、その軸の数が巻数になります。「書」は書き物を意味し、「諷」は、語り継がれているものを意味します。

この文章を大雑把に意訳しますと、「仏教の書物、仏教以外の書物、ああ千万巻の書物がある。本当に数えきれない、なんと沢山の書物があることか。人の生き方も、変幻自在で、なんと深いことか。人の道にも、数えきれないほどの多種多様な道がある。もし書物がなかったら、あるいは語り継がれた言葉がなかったら、ものの本質、根本的な考えをどうやって伝えることができるのだろうか。」ということになります。こういう書き出しで始まっているのですが、私にとっては、これまでの思索の道を解き明かす「鑰」つまり鍵になりました。

(2) 残された言葉には、時代背景がありますので、空海が生きた時代をまず思い起こしてみなければなりません。空海の生きた時代を描いた小説としては、井上靖の『天平の甍』があります。『天平の甍』は映画にもなりましたが、ご覧になった方は、遣唐使の時代が思い浮かぶと思います。また、時代は唐が滅んだ後の北宋の時代になりますが、同じ井上靖の小説に『敦煌』があります[2]。これも映画になりました。ご覧になった方は時代のイメージが湧くと思います。シルクロードを通っていろんな文物が中国、そして日本に流入してきた時代です。インドからは仏教が伝来しますが、それに伴ってたくさんの経典が入ってきます。仏法を求めてインドに旅した三蔵法師（玄奘）は、サンスクリット語の経典を中国の長安に持ち帰り[3]、漢訳します。また、鳩摩羅什（クマラジュウ、Kumārajīva）もサンスクリット語の経典を漢訳しています。

空海が海を渡って長安に行ったのは、西域の文物が多量に流れ込んでいた唐の時代です。空海は万巻の仏典を読破し、たくさんの漢訳された経典を日本に持ち帰り、新しい仏教を説きます。空海は、仏教にとどまらず、多才です。能筆であり、文章論も残していますし[4]、さらには治水事業なども手がけています。

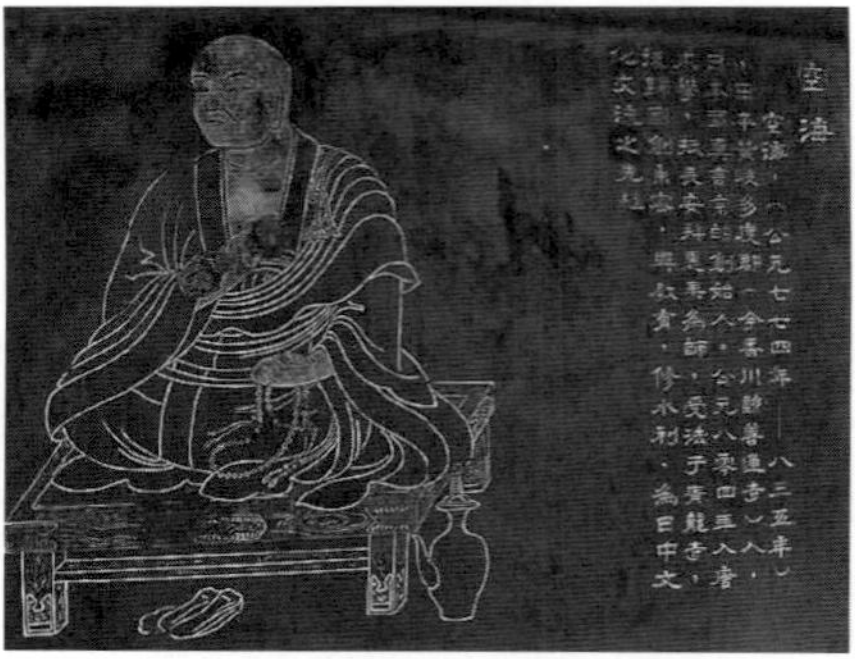

空海の石碑〔西安〕（矢野建一撮影）

当時二〇年の滞在が普通であるのに、わずか二年の留学であらゆるものを吸収して帰国しています。いわば思想の洪水に流されることなく、必要なものを取捨選択して、集中的に文物のエッセンスを修得する土台がすでにできていたのでしょう。

奈良、平安というこの時期を歴史の長いスパンで見ると、シルクロードを経由した西域の文物や唐の文物が、日本に急激に入ってきて、日本の文化、法制度などさまざまな領域に強い影響を及ぼした時代です。私の専門分野で言えば、中国の唐の時代の刑法典（唐律）を模範にして大宝律、養老律が制定され、行政制度や官僚制が整備された時代です。思想も、儒教、老教、仏教などいろいろなものが流入してきます。仏教に限っても、さまざまな宗派が混入し錯綜した状況にありました。

そういう思想の混在した状況にあって、空海は、ものの考え方を整理し、仏教における密教の優位性を理論的に説こうとしたのです。そのためには、極めてたくさんの書物を読み込み、道を究めようとしているさまざまな人に出合って語らい、自分の道を見極め、確信を抱き、そして今、自らそれを人に説く時期になって、先ほどの『秘蔵宝鑰』を書き下ろしているのです。今や長年求めてきた仏法を自ら説く段階になったが、読み込んだ万巻の書物、出合った先哲からの口伝、そういったものがなかったら、どうやって深淵な思想の体系を伝えて行くことができるのだろうか、という切出しで始まっているのです。ここで、まず文字、言葉の果たす役割の重要性を読み取っておかなければなりません。

『秘蔵宝鑰』は、空海自らが修得した仏教思想の体系、ものの考え方を他の人に伝授しなければならない晩年の時期に書かれています。そのため、この本の果たすべき役割は、落語や小説の本などとは異質です。落語や小説も読んでいて楽しいのですが、本を読む楽しみというのは、実はこういう本の方がより深いのですが、これは興味の問題であるかもしれません。

冒頭に空海の本の話をしましたのは、今日の講演の着地点に繋げたいという意図があるからです。空海の冒頭の言葉は、研究者にはピンとくる話なのです。一つのことを研究していますと、だんだん本がたまっていきます。大学院生の頃、個人の家の二階に下宿していて、私の本の重みで一階の襖が開かなくなったと大家さんに怒られたこともありますし、研究者の卵の頃には一階の床が蔵書の重みで抜けてしまったこともあります。ほかの人にはゴミの山に思われそうな蔵書に取り囲まれて生活していますが、それでも自分が追い求めている事柄に関する書物の数からすると、私の手許にある書物はほんの一部にすぎません。山積みの本の中で生きてきた者からしますと、空海の言わんとすることは、体験的によく分かります。

(3)　空海が書いたものを読むには、読書の段階というものがあると思います。[5] 読書の最初の段階は、知らないことを知る楽しさが分かるものです。読書の第二の段階は、娯楽としての楽しみを得るもの、あるいは知識を得るためのものです。第三段階は、考えるための読書です。そして第四段階の読書が、行動の指針、あるいは人間の生き方のためのものです。ただ考えるというだけでは足りません。行動の指針となるような、あるいは人としての生き方を決めるような書物が読みたくなります。人生にも段階があるように、読書にも段階があると思います。

空海の書物は、第四段階での読書ということになろうかと思います。いきなり書物を読めといっても、それは荒っぽいことです。やはり人生に行路があるように、読書も手順を踏むべきかと思います。このことが、小さい頃から振り返ってみて、どういう本を読み、どういう思索の道を歩いてきたのかをお話ししたいと思った理由です。

多くの方が『論語』は読まれていると思いますが⑥、論語の「学而」編の最初のところに、「学びて時に之を習う、亦た説《よろこ》ばしからずや」という文言があります。意訳ですが、本は読みっぱなしにするのではなく、適当な時に振り返って読み直してみると、また新たに感得するものがあって、嬉しいことだという意味です。本はただ読むだけでなく、行動に結びつけるところまで行って、読んだということになるのでしょう。本の読み方、学び方が最初に書いてあるのですが、『論語』はさらに行動も要求しています。「行いて余力あらば、則ち以て文を学ぶ。」という一節は含蓄のある言葉です。知ったことを実践することの大切さを説いています。本日は、「学びて時に之を習う」ということで、私なりの「習う」をやってみることになります。ここからかなり私的な話になりますけれど、お許しいただきたいと思います。

3 小学生の頃の読書

(1) 小学生の頃に読んだ本で、記憶に残っているものはほとんどないのですが、一つだけあります。それは『昆虫の本』ですが、家を捜してもどこにもありません。私の母は本を読むことに関しては全く無関心で、読み終わるとすぐ風呂の焚きつけにしてしまいます（笑）。だからもう手元にないのですが、私の書いた文章が残っていました。小学校四年生のときの感想文が宮崎の作文コンクールで一位になり、全国で入選をしたので、本に掲載されています。『こども文集』（第三集、昭和三二年度）が、東京書籍という出版社から出ています。この本のことをすっかり忘れていましたが、十数年ぐらい前に宮崎の実家の片付けをしていたら、ひょいと出てきました。また、当時の那珂小学校の校長先生で、書家でもあった河潟先生（号は「渓山」）が私の感想文の全文を掛軸に書いてくれたものが見つかりました。こんな掛軸が残されていたのには感激しました。きれいな状態で保存してありました。

本の方は、無残な状態になっていました。裏表紙は破れ、カッターナイフで切られていましたが、私の書いた部分は何とか残っていました。『昆虫の本』

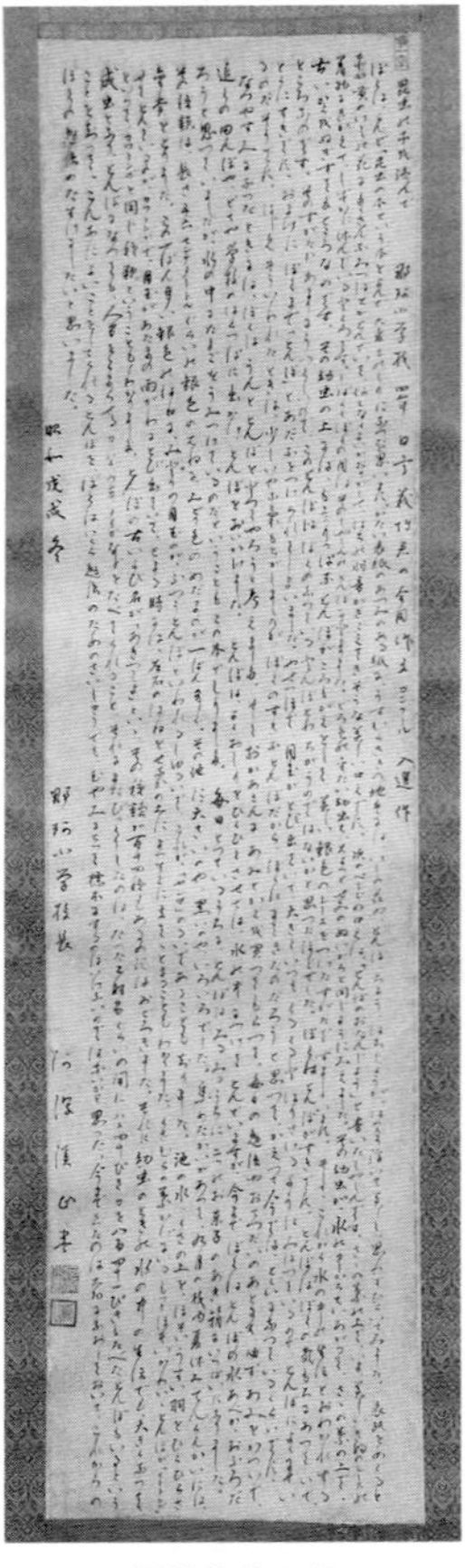

河潟先生の書

のことが唯一の記憶に残っていて、「昆虫の本をよんで」という感想文が残っていたのは幸いでした。この感想文の文章を読み返してみると、子供の頃のみずみずしい感性が出ていました。私が研究者になるまで歩いてきた道のりを振り返ってみても、この小学校四年生のときに書いた文章を超えていないのではないかと思いました。文章を書くときの観察力やものの考え方は、あまり進歩してないのではないか、そういう気がしました。一一歳からその後五十数年、いったい何をしていたのだろうと思います。

感想文「昆虫の本をよんで」の書き出しの四、五行は、次のように始まっています。「ぼくは、こんど『昆虫の本』という本をよんで、大変もの知りになったと思います。かたい表紙の厚みのある紙に、うす紫の地色にはケシの花やトンボ、チョウ、ハチの模様がはっきりういていて美しく、思わず開いてみました」。こんな文章を書いたのかなと思うのですが、いちばん最初に結論が書いてあります。刑法の弟子たちを教育するとき、長い論文を書く際に「結論を最初に書きなさい」と言うのですが（笑）。

さらに、本を読むために本を読んでいないことが分かりました。本の表紙の美的な美しさから本を開いているのです。なぜこの本を開いたかというと、トンボが好きだったんですね。小さい頃、トンボをいっぱい集めていました。しかし、トンボの話を聞いて、トンボがどんなものか知りたくて、『昆虫の本』を開いたというのではなく、本の表紙が美しいと思って開いているのです。そこから、私の読書が始まったのです。

書いてある内容をすべては紹介できませんが、知らないことを知る喜びが書いてあります。トンボの種類が百何種類あるとか、トンボが飛ぶようになる前にどういう生活をし、一生を送るのかとかいうようなことが書いてあって、自分の遊んでいる心象風景と重ねて考え、最後はトンボを大切にしなければいけない、むやみに採ってはいけないという反省になっています。日常の遊びの世界を、本を読むことによって客観視して、物事を観察して、それを文章に書くという作業を、すでに小学校四年のときにしていたのです。つまり、読書すること自体に目的があったわけではなく、本の装丁が自分の美的な感性に触れたことから本を開き、そして、そこから私の読書遍歴が始まっていたのです。

(2) 私の故郷の宮崎は、自然が豊かで人に優しいところなのですが、江戸時代の『人国記』[7]という本には、あまり良いことが書いてありません。そこには、「日向の国の風俗は、無躾無法の事のみ多く」という書き出しで始まっていて、最後には「危ふき風俗恐るべし」とあります（笑）。こういう土地柄だと、とても詩情豊かな文学的発想は出てきそうもありません。しかし、私の育った故郷はそうではありません。自宅の庭からは、高千穂の峰がくっきり見えましたし、広々とした田んぼには夕焼けの中にたくさんの赤トンボが飛んでいました。庭の泉水には、春先からイトトンボ、シオカラトンボ、オニヤンマなど、いろいろなトンボが来ました。そういう自然の中に育った私の頭の中は、すでに絵画的になっていたのです。

小さい頃は、勉強というのは落ち着いてできない方で、学校が終わると野山を駆け巡って遊び、家に帰ると疲れはてて寝入り、朝は起こされて小学校に行き、授業が終わるとまたすぐ野山を駆け回って家に帰ってくるという生活でした。ですから、子どもが静かに座って『論語』の素読をするという風景は、私の頭の中にはありません。しかし、それでも遊びの中から本を開くことを始めたのです。

育った原風景あるいは風土は、その後の人の生き方やものの考え方を規定することを、だいぶ後になって知りました。感想文「昆虫の本をよんで」を読み返すと、私の原点はここにあるように思います。なぜここから刑法学の道に進んだのかは不思議な話ですが、私の思索の中では一脈の地下水脈が流れていて、私の知の体系からすると、専門の刑法学は隅っこの小さい部分でしかないことを、本日の講演の下準備をしていて気づきました。

4　中学生の頃の読書

(1)　中学生の頃は一転して、「そんな本を読んだのか」という本を読んだ記憶があります。それは物語が面白いというので、江戸時代の小説のたぐい、浄瑠璃のたぐいの本を開いて読んでいました。たとえば、近松門左衛門の『国性爺合戦』や江戸の読本『絵本太閤記』です。(8) 高校に入学するとき面接で「最近面白かった本を言いなさい。」と言われて、「近松の『国性爺合戦』を読みました。」と答えたところ、「本当に読んで面白かったのか。」と聞かれ、「面白かったです。」と言ったことを覚えています。あのとき『曽根崎心中』と言っていたら入学させてもらえなかったかもしれませんが（笑）。もう少しさわやかなものを読めば良かったかとは思いますが、変わったところが守備範囲でありました。

　なぜ変わったものを読んでいたかというと、本の挿絵にたくさんの木版画があったからです。私は、小さい頃から絵を描くことが好きでした。父がよく話してくれたことですが、私が小さい頃、一里ぐらい離れている幼稚園に毎日喜んで行くのだそうです。父が不思議に思って私の行動を観察したそうです。父が言うには、「おまえは幼稚園で絵を描くのが好きで、毎日歩いて行っちょったが。絵を描くのが終わると何もせんで、一里の道を、あっち行ったり、こっち行ったりして、一人でプラプラしながら時間をかけて歩いて帰ってきちょった。一里もあっとに、なんで喜んで行くちゃろかとおもて、後をつけてみたら、絵描きじゃった。」と言うのです。父の話してくれた風景は私の記憶の中にはありませんが、絵を描くのが好きだったことは覚えています。

　叔父が学校の美術の先生だったこともあり、小さい頃から絵を描きました。

木版画も叔父から教わりました。木版画は、今でも趣味の一つです。そういう絵、とくに木版画に対する興味から、挿絵の木版画を見て、「いったいこれは何の絵だろう」と先ほどの本を読み始めたのです。

(2)　江戸期の古文は、鎌倉や平安時代の古文と比べると、中学生でも何とか読めるものです。漢字にルビがふってある大正や昭和初期に出版されたものですと、読める書物の世界です。私は、木版画に魅せられ、そういう書物を読みました。読んでいると、木版画の世界が広がり、風景が浮かぶ、映像が浮かんでくるのです。それが面白くて読んでいました。

今日の講演で取り上げようと思っていましたので、数日前に近松の『国性爺合戦』を開いてみました。もちろん、最近の文学全集に収録されているものですが、「え、よくこんな本を読んだもんだ」と思いました（笑）。浄瑠璃本をよ

『絵本太閤記上』（有朋堂文庫）

く読んだものだと思ったのですが、やはり挿絵の木版画は面白いですね。大正時代に出版された『絵本太閤記』は、書斎にあるのですが、面白い挿絵の木版画がたくさんありました。文章の意味は少々分からなくても、挿絵を基に想像して読んでいたのだと思います。文章自体を直接読む楽しさではなくて、挿絵の木版画などの視覚から入ってくる楽しさを、中学生の頃はまだ引きずっていたのだろうと思います。物語の面白さに目覚めましたが、思索のために本を読むという状態では、全くありませんでした。

5　高校生の頃の読書

(1)　高校生になりますと、時代を遡って、鎌倉や平安時代のものも読むようになりました。古文や漢文が面白くてしょうがなかったのです。多くの人に読まれる吉田兼好（卜部兼好）の『徒然草』ですが、これがなぜ面白かったかといいますと、ものを客観的に見ている文章だったからです。『徒然草』の各段を読んでいると、それぞれ兼好法師が見たであろう原風景が浮かんでくるのです。清少納言の『枕草子』は、風景の情景描写が端的で、読んでいると映像が浮かんできます(9)。この二冊は、全部読みました。高校の授業には関係なく、授業そっちのけで読んでいました。

高校の授業では、『源氏物語』の一部を教わりました(10)。確か「葵」の段だったと思いますが、車争いの場面がありますね。光源氏の正妻である葵上《あおいのうえ》の車と恋人の六条御息所《みやすどころ》の車とが鉢合せになり、見物の場所とりで小競り合いになる場面です。そこには、年上の恋人である御息所が御簾ごしに葵上を、妬ましく悔しそうにみている情景が描写されています。高校の先生が「君たちはこれを読んでも分からん。もうちょっと男女関係が分かるようになったら、これはすごい話なんだがね。」と言われました（笑）。今は人生経験を積みましたので分かりますが、そのときは「ああ、そんなものか。」と、物語には引き付けられはしませんでした。『源氏物語』は半分ぐらいまでしか到達しませんでした。

漢文のものとしては、『唐詩選』『論語』『孟子』など、このへんが面白かったです(11)。漢詩は、唐詩が中心でしたが、やはり読んでいると絵画の世界がひらけてきて、よく読みました。今になって思えば、このころ漢文の読み方を教わったのが、今では大きな財産になっています。ミッション・スクールで英語やイタリア語を聞きながら、漢学に目覚めたのですから、変といえば変です。

⑵　私は、受験勉強をろくにせずに大学に入りました。予備校といわれるものが、まだ宮崎にはない時代です。古文や漢文に熱中したことが、受験勉強に結びついていたわけではありません。むしろ、大学受験にはあまり役に立たないことを勉強していたように思います。中学校から高校までに読んだ日本の古典の本のことを考えれば、大学は文学部に行ってしかるべきでしょう。しかし、頭の中には「文学」という言葉が全然浮かばなかったのです。こういう分野が文学だと思わなかったんですね。つまり、自分の中では読んだものを映像処理していますから、文学の世界ではないのです。進学したかったのは、法学部でした。検事になりたかったからです。職業から学部を選びました。中学、高校

で読んだ文学作品とは全く無縁なところに身を投じ、非文学的な世界を対象に研究しています。人生の岐路において、文学は私の地下水脈の一部となったのです。

6　大学生、大学院生の頃の読書

(1)　文学作品を読む楽しみは、法律を勉学していた大学生の時代にも切れませんでした。法律の本はたくさん読みましたが、それとは別に、のめり込んで読んだものがあります。大学の一年のときにのめり込んだのは『万葉集』でした。(12)これもどちらかというと、文字から入ったのではなくて風景、映像でした。『万葉集』を初めて教わったのは、伊藤博先生からでした。伊藤先生は平成一五年に亡くなられました。私が大学一年のとき、伊藤先生は、京都大学から専修大学に単身赴任をされていました。伊藤先生の講義風景は、私にとって鮮烈でした。風呂敷包みを抱えて教室に来られますが、足元は雪駄《せった》です。背広はヨレヨレで、貧乏学生の私の方がまだよいかと思われるような服装です。風呂敷を広げて教壇に立たれた姿の風采は、あまり上がらない。しかし、パッと講義を始められると、その講義の内容たるや、なんとも色っぽい話なんです。『万葉集』の相聞歌《そうもんか》や東歌《あずまうた》を講義されるのです。ああいう風采の先生から、なぜ恋の歌の色っぽい話が出るのだろうか、なんとも不思議なのです。いったい『万葉集』の何があの先生を惹きつけ、魅力的にしているのだろうと、思わざるをえなかったのです。

『万葉集』を読み始めると、惹きつけられました。『万葉集』は今もよく読みます。離れ小島に行くのに一冊の本しか許されないとしたら、迷わず『万葉集』を持っていくと思います。読み尽きないのです。『万葉集』は全二〇巻で四五一六首あります。なかなか読みきれません。原文は漢文で書かれています。七世紀後半から八世紀後半にかけて出来上がったと言われています。『万葉集』が出来たときに、日本の文字はまだありませんでした。そこで、日本語の音を漢字の音に振り替えて漢字で表記し、かつ漢文のスタイルで文章が作られています。したがって、万葉集は全文漢字です。万葉集での日本語の音の漢字表記は、その後の日本語の仮名遣いとは違って特殊です。「いろはにほへと」という平仮名は漢字から直して出来ていますが、万葉仮名はその系譜とは異なっています。

　万葉仮名の世界に入っていって、相聞歌を読み、防人の歌を読んで、人間の心のひだが分かるようになりました。源氏物語とはだいぶ違った世界ですが、万葉集が描く情の世界の方が大らかで、ストレートです。この方が私の性分には合っていました。万葉集の世界を教えてくださった伊藤博先生は、その後二年して専修大学から筑波大学に移られ、一七年間かけて『萬葉集釋注』（全一三巻）[13]を七〇歳で完成されて、亡くなられました。専修大学の教壇に立たれた若き伊藤先生のお姿と、研究者の生きざまは、今も私の中では鮮やかです。あれぐらい変わっていないと、人を惹きつける研究者にはなれないという思いがあります。一筋に文学を追究するということは、社会の一般的な目線からは少々離脱しているように見える所がなくては、とてもできるものではないように思います。

(2) その後、大学院の時代は、「犬養万葉」と言われる、犬養孝の万葉集の解説、朗唱が好きでした。NHKラジオで犬養孝の「万葉の心」という番組を放送していましたが、それを楽しみに聞き入っていました。毎回、毎回が面白くて、熱中して聞いていました。録音がオープンリールからカセットテープになったか、ならないかの頃でしたが、聞く時間がないときには、録音をしてもらって聞いていました。犬養孝の著書も、『万葉の旅』『明日香風』『万葉の風土』などほとんど読んでしまいました[14]。

犬養万葉の特徴は、歌が詠われた場所を必ず歩いて、どんな風景、風土の中で歌が作られたかを検証し、歌の心を蘇らせることにあると思います。風土を背景として、短歌に詠み込まれた万葉人の心情を引き出していくのです。その試みは、『万葉の旅』によく書き現されています。犬養万葉の歌の解釈方法は、私の刑法の研究方法にもヒントになりました。刑法学の解釈の世界にも通ずるものがあるのです。事実をまず踏まえる、現場をまず見る、そこからものを考える。この発想は、犬養万葉から学んだような気がいたします。

脱線になりますが、『万葉集』の中の、入間で詠われた歌をご存じですか。一首あります。「武蔵野国入間郡」と書いてあります。現在の場所としては越生の近辺ではないかと言われていますが、もう少し広く考えてよいのではないでしょうか。入間在住の長い方は、入間のことを「イリマ」と言いますね。入間は、万葉仮名では「伊利麻」と書きますので、土地の発音としては「イリマ」

「かにや」の包装紙

が正しいと思います。私自身は、漢音に当てた「伊利麻」という語感の方が好きです。「イリマ」という言葉が、まだこの辺りでは使われているのですから、私は、入間地方の歌と言ってよいのではないかと思っています。

数日前、今日の講演に使おうと思って、自宅の近くにありますお菓子屋の「かにや」に行って、「包み紙を一枚ください。」と言って貰ってきました。店員さんは変な人が来たと思われたでしょうが、快くくださいました。この「かにや」の包み紙は、皆さんもよくご存じでしょうが、「伊利麻治能……」という漢字が並んでいますね。これは、『万葉集』にある入間の歌の漢字文をレイアウトしたものです。それは、『万葉集』の東歌三三七八番目の歌です。漢文表記を仮名表記にしますと、つぎのような歌です。

「入間道《いりまじ》の　於保屋《おほや》が原の　いはゐつら　引かばぬるぬる　我《わ》にな絶えそね」（伊利麻治能　於保屋我波良能　伊波為都良　比可婆奴流奴流　和尓奈多要曾祢）

この歌の解釈としては、いろんな意味のとり方があります。入間道というのは、入間路と捉えてもいいと思いますが、入間に行く道というよりは、入間の地方という意味だと考えます。そうしますと、入間地方の於保屋が原、あるいは大屋が原、そこが何処なのかは分かりませんが、そこにある「いはゐつら」が、上の句になります。「いはゐつら」というのは、イワイカツラという蔓《かずら》の一種です。そのカツラは、取るとつるつるして、ねばねばするということが歌の鍵になっています。また、カツラを引くという言葉に、「紐を引く」という言葉が掛けてあるとすると、この歌の解釈に別な面が隠されていることになります。

『万葉集』では、男性が旅に出るときに、妻から渡された腰紐を結わきます。つまり、紐を結わくことは契りを解かないことであり、紐を解くと離婚ということになってしまいます。紐を解くことは心を許した人にしかできないのです。こういう風習から考えると、紐を引くことは、心をひらき、引き寄せるようなことを意味すると解釈することもできるのです。

そうしますと、この「伊利麻治」の歌の解釈としては、つぎのような二様の理解の仕方が可能です。

まず、やや硬い解釈としては、「入間道の大屋が原にあるイワイカツラは引けば緩んで抜けてしまうのだけれど、そんなイワイカツラのように、私との仲が切れてしまわないようにしてください。あんなイワイカツラみたいに、簡単に引っこ抜けてぬるぬるするのではなくて、ちゃんとつなぎ留めてくださいね。」というような懇願の歌になります。

もう一つは、伊藤博先生のような、もう少し色っぽい解釈です。私は、こちらの解釈の方がいいように思います。それは、「入間地方の於保屋が原のイワイカツラのように、引き寄せたならば、そのまま滑らかに寄り添って寝て、私との仲を絶やさないようにしてちょうだい。」という大らかでストレートな感情表現です。教壇で風呂敷包みを広げ、ヨレヨレの背広に雪駄という格好で万葉集を講義された伊藤先生の風貌を思い出しますと、やはりストレートな愛情表現の方が納得できます。

『万葉集』の第一巻は雄略天皇の歌で始まり、最終巻の第二〇巻の最後は、大伴家持の歌で終わっています。『万葉集』は、大伴家持が実質的に編集したのではないかと言われていますが、万葉人の人間的な大らかさ、自然と同化する姿が描かれ、天皇の歌も貴族の歌も庶民の歌もごちゃ混ぜにして『万葉集』

の中に入れ込んである。これには魅せられましたね。伊藤博先生は万葉集の全ての歌の釈注を書き上げられるのに一七年ほどつぎ込まれましたが、その土台として二〇年ぐらい研究期間があると思われます。それに比べたら、私の刑法学はまだまだです。学生に読書の楽しみを与えるような刑法学を書き残すには、ほんとうに道遠しです。

(3) 学生時代には、いろいろな分野に首を突っ込んで読むようになりました。法律関係の本を読むことは当然ですから、それは置いておきまして、小さい頃からやってきた木版画や絵画に関する本を読んだり、見たりすることが多くなりました。

棟方志功の木版画を見たときには衝撃を受けました。木版画でここまで感情が出せるのかと思いました。棟方志功の木版画（彼は板画と呼んでいます）や大和絵を直接見たくて、展覧会や美術館にあちこち見に行きました。棟方志功の特色である裏手彩色版画がどうなっているのか知りたくて、貧乏学生であることも忘れて一生懸命美術館に通いました。その頃、法律書をそっちのけで熱中して読んだ『わだばゴッホになる』『板極道』『板散華』などの棟方志功の本は忘れられません。[15] 法律の思考が止まってしまうほど熱中していました。小さい頃からの木版画や絵についての志向が脈々と体内に流れていて、一度その地下水脈に触れると美的関心がだんだん膨らんできてしまうのです。

また、『万葉集』をきっかけに詩にも興味が出てきて、高村光太郎に関する本をたくさん読みました。『智恵子抄』『道程』から『美について』『ロダンの言葉抄』と読み進み、[16] 詩だけでなく、美術と詩との関係も考えるようになりました。高村光太郎の詩は、彫刻的だと思いました。詩の言葉が研ぎ澄まされていて、無駄がないのです。

高村光太郎の父親は、高村光雲という明治期の彫刻界の巨匠です。それを超えるというのは大変なことです。高村光太郎は、ヨーロッパに留学して研鑽を積み、ロダンの彫刻に魅せられるのですが、やはり父親を超えられそうもないという圧迫感と苦悩を経験しています。高村光太郎の文章を読んでいると、「ものを造り出す者」の苦悩と光明が伝わってきて感激し、最後には『高村光太郎全集[17]』を買い込んで、読みあさりました。その全集は、自宅では部屋が狭くなると家内に怒られますので、今は大学の研究室に避難し、密かに読み返しています。

(4) 大学二年の夏に、刑法の研究者になろうと決意しましたが、その時から、読む本の領域が全く変わってきました。それまでに読んだ本の多くは、日本の文学や美術に関するものでしたが、刑法を研究する場合には、どうしてもヨーロッパのものの考え方と対峙しなければなりません。

とくに刑法学の根底にあるヨーロッパ、とくにドイツのものの考え方と衝突をします。刑法理論の一つの支柱は、ドイツの新カント派の哲学ですので、哲学的なものの考え方を避けては通れないのです。自分の刑法理論を打ち立てるということになると、思考方法の壁にぶち当たってしまい、自分の思考の核になるものを持っていないと、何が何だかわけが分からなくなってしまうのです。ヨーロッパ的な考え方に乗っかってしまえば楽なのですが、育った風土がそうはさせませんでした。日本的な考え方や東洋的な思想を捨てておいて、日本の刑法学があるわけがないとヘソを曲げ、哲学書を読み始めました。西洋の哲学の本を読む一方で、東洋の思想、とくに禅に関する本をかなり読み込みました。

そんな折、手にした本が梅原猛の『哲学する心』『日本学の哲学的反省』『日本文化論』といったものでした[18]。ヨーロッパ的なものの考え方に基づいた社会科学だけではなく、東洋的な考え方に基づいた社会科学に目を向ける必要があることを意識させた本でした。西洋合理主義の限界を見定め、東洋的な生の肯定、調和の発想から哲学を再構築していく試みに感銘を受け、「刑法学の根底に流れているもの」を捉え直すことも出来るのではないかと思い、禅に関する本をたくさん読みました。

鈴木大拙の『禅と日本文化』『東洋的な見方』『無心ということ』などを手始めに読みましたが、[19] 最初は、悪戦苦闘でした。幸い居合道の稽古をしていましたので、武道を通して禅の考え方を理解するのが早道だと気づきました。居合の稽古において、相反するものを動きの中で合一していくことは、身体で分かっていましたので、沢庵宗彭の『不動智神妙録』『太阿記』などを読んでみると、[20] 禅が身近な存在であること

徳力富吉郎「十牛図（六）」

が納得できました。そのころから、何となく禅の考え方、東洋的なものの考え方が実感できるようになりました。

この東洋の考え方とヨーロッパの考え方との相違は理屈では分かっても、西洋合理主義に馴染んでいると、なかなか発想の転換ができないのが常です。ヨーロッパの哲学者が東洋の思想を理解するのに悪戦苦闘した話としては、オイゲン・ヘリゲルの『日本の弓術』『弓と禅』などを読むとよく分かります[21]。あまり哲学的な話をすると、多くの人が眠たくなると思いますので、詳しくは、今日資料としてお配りした私の雑文を後でお読みいただくとして、『日本の弓術』の面白い話だけを紹介することに致します。

オイゲン・ヘリゲルは、ドイツのハイデルベルク大学の教授で、新カント派の哲学者でした。彼は、日本の東北大学に招聘されて哲学を講じますが、日本に来た動機は東洋のものの考え方を研究しようというものでした。来日したものの、東洋思想とくに禅の思想が分からないのです。そこで、知り合った商法学者の小町谷操三教授から「弓を習ったらいい」と言われて、阿波研造という弓の名人に習います。そして、弓の稽古を通して、禅の考え方、日本のものの見方を体得していくのです。

ヨーロッパの思考方法からすると、東洋のものの考え方は、矛盾に満ちて、非合理的としか映りません。しかも、考えを伝えるのに、言葉に重きを置きません。日本の思想や東洋の思想を伝授するときに、実は言葉は邪魔でさえあります。言葉は補足的なのです。弓術の師範である阿波研造がヘリゲルに弓を教えるとき、「弓を射るとき、的を見てはいけない。的を見ずに弓を引きなさい。」と言います。ヘリゲルは、「的を見ずに、どうして矢を的に命中させることができるのか。そんなはずはない。的を認識せずに弓を射ても、的に当たるわけがない。」と思うのです。この思考は、ヨーロッパ哲学の認識論そのものですね。

そこで、師範の阿波研造は、ヘリゲルを弓の稽古場に夜連れて行って、遠くにある的をロウソクの灯りで照らして見せ、そしてロウソクを消して弓を射るのです。矢は、的の真ん中に当たります。これを見てヘリゲルは、「いや驚くことではない。人間の目には残像現象というものがある。だから、ロウソクが消え的が見えなくなったとしても、的がある場所は分かって弓を射たのだ。」と言います。そこで、師範は、「そうか」とだけ言って、暗闇の中に二の矢を放つのです。すると、二の矢は最初の矢の頭をぶち割って、的の真ん中にバサッと入り込んだのです。

そのときヘリゲルは、言葉では合理的に説明できない別の世界があることを実感したのです。これが不立文字の世界、文字を立てないで教えるという世界なのかということで、それまでの認識論を棚上げし、東洋の思想を真っ正面から研究し始めるのです。その思索の過程を書いたのが『日本の弓術』という本なのです。

ヨーロッパの哲学を土台にした学問をやってますと、ヘリゲルの経験した思索の壁に一度や二度はぶつかります。ヨーロッパの思想にそのまま乗っかって、「ドイツでは、フランスでは、アメリカでは」と言っている分には楽なのですが、私のやっている刑法学は現にある事実を重視する学問ですので、日本のものの考え方に基づいた事案の解決が求められます。ドイツやアメリカの刑法理論を、日本に持ち込むとしても取捨選択することが必要ですし、日本的な変容が必要です。それは、理論の背景に事実認識や価値観の相違が潜んでいるからです。

そうすると、日本の精神的な風土は重要ですし、日常の価値観やものの考え方を土台にした刑法学を立ち上げることが極めて重要になります。そのために、西洋の思想だけでなく、東洋の思想も読み込みました。ここでいちいち挙げられませんが、広範囲に及びました。この段階の読書は、本が美しいので開いた、興味があるから読んだ、というような段階の読書とは異質です。ものの考え方それ自体を問い直し、自分の考え方に基づく行動の指針を作るための読書であり、本を読みながら思索をめぐらすというものです。こういう段階では、本を批判的に読むことになります。しかし、空海が言わんとした状態は、悠か彼方です。

大学院生の頃の読書は、西洋の思想と東洋の思想の狭間の中で揺れ動き、自分の依って立つべき立場を追い求めた思索のための読書でした。新渡戸稲造の『武士道』『修養』『東西相触れて』というような本に出合ったのも[22]、その頃でした。

7 ドイツ留学中の読書

(1) これまでの話からすると、どこで刑法学を研究しているのか、ほとんど刑法の論文は書いてないのではないか、と思われるでしょうが(笑)、本業であります刑法学は青春をかけて没頭したものですから、今日まで切れ目なく楽しんでいます。今日は、本業はさて置き、私の思考の底にある地下水脈を、文学や美術の側面から辿っています。私自身も初めて辿るものですから、どこに落ち着くかは、最後の方でないと分かりません。もう少し、読書遍歴をお話ししたいと思います。

私は、若いときに、ドイツに二度ほど留学しました。一回目は一九八〇年から八三年にかけて、二回目は一九九〇年から九一年の間です。ドイツのモーゼル川の上流にあります、「ドイツの古都」と言われるトリーア(Trier)に滞在しました。ルクセンブルクにもフランスにも近い、ドイツの西の国境の町です。そこにトリーア大学があり、法学部に著名な刑法の研究者がいましたので、留学しました。もちろん、客員教授として講義もやりましたので、留学の意味がだいぶん違いますが。

ドイツ留学中は、この際自分の刑法理論を構築したいという気持ちがありましたので、刑法関係の文献はたくさん読み込みましたし、議論もしました。しかし、それは真剣勝負の場ですから、ゆったりした気分で楽しめるという類のものではありません。気分転換に楽しめる、楽しみのための読書は何だったかと言いますと、絵画、美術に関する本でした。ゲーテ、シラー、ヘルマン・ヘッセなどの本は、(23)日本でも読んでいましたが、ドイツにいてドイツ文学を楽しむ余裕はありませんでした。もっぱら、デューラー、ブリューゲル、クラナハ、メーリアン、カナレット、シュピッツヴェクなどの絵画を見てまわり、それに関する本を次々に買い込んでは読んでいました。(24)刑法の研究をそっちのけで読みふけることもあり、ともかく面白くて仕方がありませんでした。これらの読書は、楽しみの読書ですが、小さい頃からの地下水脈に繋がっているものでした。

(2) デューラー、メーリアン、ブリューゲルなどは、いずれも木版画をベースにした人です。時代的には、木版画から銅版画へと変わっていき、描写の線が緻密になっていきますが、この時代の絵画は、思想的な背景もあって興味がつきません。ドイツの古い本も、実は木版画なんです。挿絵はもちろんとして、ヒゲ文字や華文字を木版で起こしているのです。ここに持ってきました、この大きな本は一四九三年の本を復刻したものです。ドイツに滞在していたときに、たまたま手に入れたものです。ヘルマン・シエーデルという人が書いた『ヴェルトクロニック』（Weltchronik）というものですが[25]、直訳すれば世界年代記です。中世によく書かれた様式ですが、天地創造から始まる年代記です。この本も天地創造の木版画から始まっていますが、中世の都市の風景や町の情景、さらには人間模様などが書かれており、いわば

H. Schedel, Weltchronik.

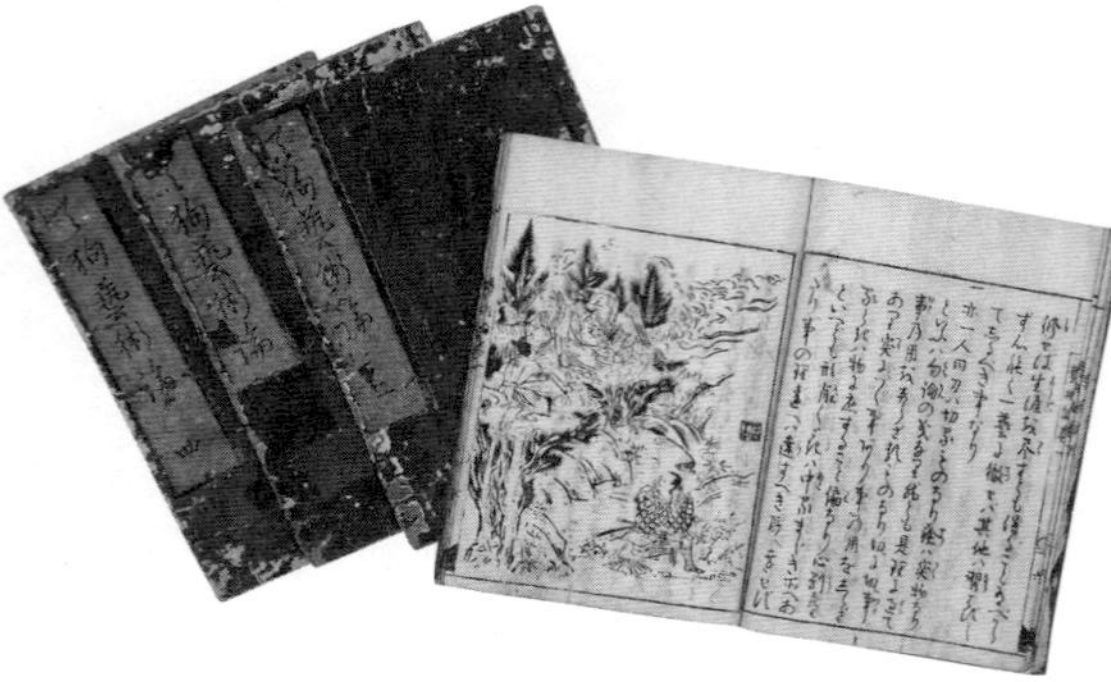

佚齊樗山『天狗芸術論』

中世の百科事典ともいうべきものです。挿絵だけでなくヒゲ文字の文章まで含め、紙面全体が版木をもとにした木版刷りの本なのです。グーテンベルクが活字による印刷技術を発明するまで、ドイツの本は木版なのです。

日本の江戸時代の本も、全部木版刷りでした。ここに書斎から引っぱり出して持ってきた江戸時代の和書があります。『天狗芸術論』という本です[26]。もちろん刑法の本ではありませんが、美術の本でもありません。この本は、武術に関する本でありますが、今から二八一年前の一七二九年（享保一四年）に出されたものです。文章は、変体仮名が分かれば、読み進むことができます。ところどころに木版の挿絵があり、文字もすべて版木に彫られていますので、紙面全体がいわば木版の画文なのです。紙面の裏側を見ると、刷毛目や摺り目がはっきり残っていますので、間違いなく木版の摺り物であります。日本も西洋も、活版印刷の技術が普及するまでは、文字であれ絵であれ、それを形にするには、版木を彫る職人の技が決定的に重要でした。そういう意味で私の頭の中では、絵、木版画、文字、文章、思考の伝達というものが、地下水脈として繫がっているのです。

(3)　木版画がなぜ好きなのかは後でお話しするとして、ドイツに留学しているとき、ドイツの版画と日本の版画の相違と特徴を考えたことがあります。日本の木版画の技法は、デューラー、ブリューゲル、メーリアンなどと比較して

デューラー「ヨハネ黙示録」

も、優れています。ヨーロッパの木版と比較しても、勝負ができる世界が江戸期にはあったのです。版木の彫りの鋭さや、バレンを使った手摺りの技術、どれをとっても世界に通用します。浮世絵の美人画には髪の毛の細やかな描写がありますが、これはホオの木の版木に硬いサクラの木を埋め込んで、より細かな線を彫るという技法がなされています。彫りにしても、摺りにしても、日本人の手先の器用さが土台になっています。そこから、木版画に遊びの部分が出来て、一枚一枚に個性が生まれます。この遊びのある技法が実に面白

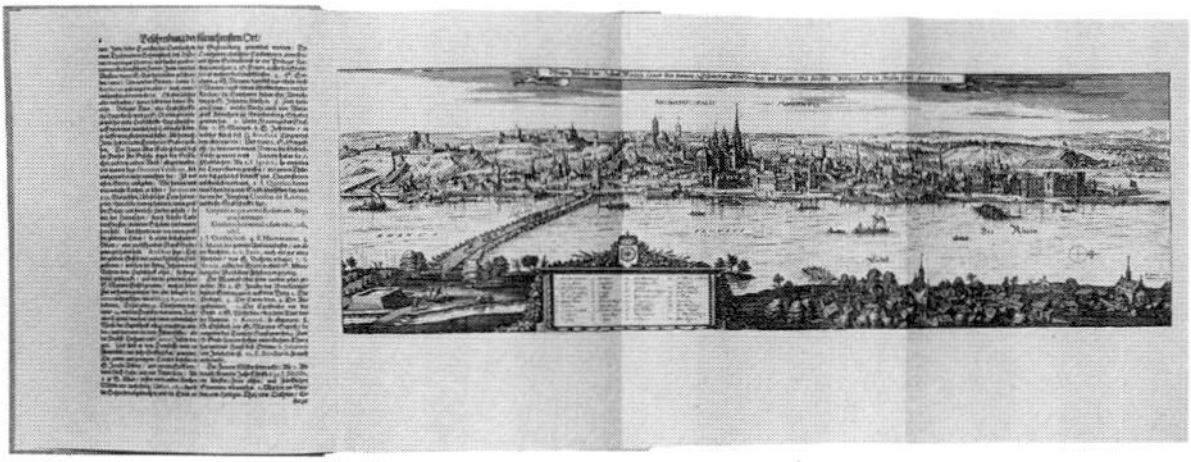

M. Merian, Topographia Germaniae.

いところです。

これに対して、ヨーロッパの木版画には遊びがありません。むしろ、画一的に刷り上がることが求められ、原画と刷り上がった版画とが正確に一致し、何枚刷っても同じ版画になることこそ良しとされます。道具は、誰が使っても同じ結果がでるように工夫されるべきなのです。ここでは、「道具は使いこなすものであって、使われるものではない。道具は使いこなして個性を出すべきもの。」というような日本的発想は通用しません。少し飛躍しますが、この発想の違いは、日本における法の運用にも反映されているように思います。

より緻密で実際に近い描写を求めるとなると、木版画からエッチング（銅版画）に移行することになります。木版の場合には、木の表面は銅ほど滑らかではありませんので、緻密な線を彫るにしても限界があり、微妙な光彩感は出しにくい。銅版の場合には、原画に近いものが多量に再現できます。エッチングの技法は、ヨーロッパ的なものの考え方を土台にしたもので、日本の浮世絵などに見られる技法とは違った特質と凄さを持っています。銅版画は非常に緻密ですが、その緻密さに魅せられ、留学中は一八〇〇年代のエッチングを見つけては買い込み、楽しみました。

先ほど挙げました、デューラー、ブリューゲル、クラナハ、メーリアン、カナレットという人たちの伝記や絵の解説本を読みますと、生き方だけでなく、その当時の思想的な背景と絵画との結び付きなどが分かって面白いのです。それはまた、私の思索の糧にもなっていました。文化的な落差、学問領域の落差が見えることは、研究者にとって重要なことなのです。

8　読書の底流に流れているもの

(1)　これまで、小学生の頃から研究者になりたての三五歳頃までに読んだ本についてお話ししました。振り返ってみますと、私の読書には、底流に流れているものがあるように思います。それは、すべて映像的、絵画的視点から本を読んでいるということです。文学に限らず、思想、哲学に関する書物を読む場合でもそうでした。本を読んでいて、文章から心象風景が見える、現場が見える、映像が浮かぶことが、私にとっては読書の魅力になっているのです。

文字の表記、文章は、一次元の世界ですが、その文章を読んでいると頭の中では二次元、三次元の世界が広がっていくのです。つまり、文章を絵画的に捉えていて、映像処理をしたものが美しいと感じるか否かが、私にとっては極めて重要なのです。本を読んでいて、二次元、三次元の世界が開けなければ、その本に何らの魅力も感じず、私の書斎の空間を埋める書物にはならないのです。本に使われるのではなくて、本を使うために読書があるのです。このことは、これまでお話ししてきた文学であっても、私が専門としている刑法学であっても、変わりません。

(2) 刑法学は、何が犯罪でどういう刑罰を科すべきかに関する学問ですが、平たく言いますと、どういう人を刑務所に入れて、どういう人を出すかということを考える学問です。これまでの文学や絵の話と比べると、切った張ったのドロドロした生身の世界を取り扱います。何故、私がその分野の学問に美的なものを感じたのかを、少しお話ししたいと思います。

私の研究している分野は、刑法理論学である刑法解釈学、ドイツ語ではドグ

Dresdenのカナレットー橋（エッチング）

マティーク（Dogmatik）と言われる分野です。大学二年のときに、この刑法解釈学に魅せられてしまいました。なぜ面白いと思って勉学に没頭したのか、最近やっとその謎が解けました。それは、刑法理論の組み立て方の体系的な美しさにありました。私にとって刑法学は美学だったのです。事案を解決するとき、事案の筋を映像的に処理し、刑法理論を犯罪論体系の中で組み立てることに美的感覚を覚えたのだと思います。理詰めに結論を引き出すのではなくて、まず事案の筋目を直感的に捉えて、後は美観に従った理論の組み立てをするというのが、面白くてしかたがなかったのです。ここでは法的感性が重要ですが、それは私の地下水脈に通じているものでしたから、ある意味では絵を描いたり、版木を彫ったりするときの感性と同じなのです。

これまで刑法学の弟子を育ててきましたが、私の法的感性を伝えるのは、なかなか難しいことです。私の論文は、結論が大胆で、論証は緻密なものが多いのですが、弟子たちが言うには、論証は検証できるけれども、結論をいきなり引っ張り出すという仕組みが分からないのだそうです。理論の検証はできるけれども、最初に直感的に結論になる部分を捉まえてしまうところが、議論していても謎なのだそうです。論文を書く前にまず考えますけれども、直感的に結論を出して、それから論理を組み立てるということは、私にとっては日常的なことなのですが、この日常的な思考の仕組みを伝えるのは、やはり簡単ではありません。

直感的に結論を引き出す部分は、実は頭の中の二次元、三次元の世界なのです。簡単に言えば感性の問題だと思います。感性の伝授というのは、言葉や文字では伝達しにくいのですが、これを伝達しないと、実は知恵の継承ができません。文字によって知識を伝えることはできますが、知恵を生み出す感性を伝えないと、知恵の伝授がなされたとは言えないように思います。この辺りが、いちばん難しいところです。感性を伝えるのに、「同じ人生を辿りなさい。」とは言えません。そもそもスタートが違いますし、育った風土が違います。

⑶　法律家は、社会のドロドロした問題を扱うわけですから、体験的に人生の挫折がどんなものか分かっていることが必要です。挫折を味わっていない法律家は良い法律家にはなれませんし、人生の機微が分からなければ、そもそも人の苦悩を解決する術が浮かんできません。私の恩師であります植松正先生は、

「刑法学の結論は、つまるところ浪花節でいい。」と言い切られました。その達観した考えが、最近ではよく分かります。

浪花節でいいというのは、西洋のクラシックではなくて、浪花節に歌われる人間の情愛に感涙する一般の人の気持ちを刑法学の基礎に据えるのが妥当だという意味です。浪花節でいいというのは感性の問題です。浪花節的な結論であっても、論理的に説得できるものでなければ理論になりませんが、ここは研究者であれば出来る領域です。決定的に重要なのは、根底に横たわっている感性がどんなものかなのです。

私は、植松正先生の晩年の弟子です。私を弟子にしていただいたとき、植松先生は六〇歳を過ぎておられました。植松先生は、「もう教える時間がない。打てば響く者しか弟子にとらない。」と言われていましたので、何かが響いたのだと思いますが、私が小さい頃から絵を描いていたことが響いたのだと思っています。

植松先生は、時間をみつけてはよく水墨画を描かれましたが、私も旅のお伴をして一緒に絵を描きました。絵を描く楽しみは言うに及ばず、絵を描く場合の視点も言葉にしなくても伝わります。これと同じように、植松先生の刑法理論を組み立てる場合の視点や、結論の落としどころが、言葉にしなくても伝わってくるのですから不思議です。絵のよしあしの判断と、刑法理論のよしあしの判断とに、大きな差を感じませんでした。いわば感性の波長が合うということで、私を弟子として拾われたのだろうと思っています[27]。

(4) 文章を書く場合、読んだものを頭の中で整理し、スリムにして書くことが必要です。そして結論を明確にしなければなりません。何を言っているかハッキリしなければいけませんが、頭の中にあるものを全部書いてしまっては、これまた駄目です。研究者の論文では、何を書かなかったかが一番重要です。

反対に、研究論文を読む場合、そこに書かれなかったことを見抜くことが勝負になります。これは、絵を見て、それを描いた人の着想を感じ取り、絵の余白や濃淡の意味を読み解くことによく似ています。

こういう研究者の世界はさておき、一般には、考えていることを分かりやすい文章で解き明かすことが、まずは大切です。そのためには、文章の不要な部分を削ぎ落として、流れるような文章にすることが必要です。この削ぎ落とす術を、私は木版画で体得していました。白黒の木版画の場合は線が勝負です。線と白黒のバランスが勝負ですね。線をぎりぎりのところまで省略していきます。たとえば、この線を消したら人間の顔、自分が表現しようとする笑みが生きるか、というようなことを考えます。線一つで、顔の表情が変わってしまいます。この一本の線を抜いてしまったのでは、全部が崩れるというギリギリまで、描くべき線を削ぎ落として版画にします。

棟方志功の凄いところは、下絵は大ざっぱであっても、版木に彫刻刀をあてて彫り出すと、残すべき線が浮かんでくるというところだと思います。いわば見えないものを彫り進んでいるのに、最後は線自体が自分の居場所を持っているというのは、やはり凄いことです。木版画であれば、一つの線も動かせない緊張感と削ぎ落とした線の存在感を、計算することなく出せるというのは至難の業です。文章の構成もこうありたいと思いますが、普通は、文章を削ぎ落として書くことを意識しながら、一点一画まで切り詰めていくことで、分かりやすい文章が出来上がります。ともかく、達意な文章であることが肝要であります。

棟方志功「妻立の柵」(著者蔵)

　小さい頃から絵を描き、木版画に親し

んできたことが、読書だけでなく、文章のスタイルにも繋がっています。だいぶ脱線した話となりましたが、振り返ってみると、絵画的な見方から読書の楽しみを得て、文学のいろいろな本を読んできましたが、それらが職業としての学問であります刑法学の根底にも流れていて、いわば地下水脈として繋がっているというのは、今回の面白い発見でした。この講演会がなければ、自分が読んできた本を振り返ってみるということは、なかったでしょう。面白い経験でありました。

9　なぜ文字・活字文化が必要か

(1)　残りの時間が少なくなりましたが、最後の問題について、私なりの考えを述べてみたいと思います。なぜ文字が必要であり、なぜ活字文化が必要なのか、という問題です。読書はこの問題と密接に関係しています。楽しみのための読書、知るための読書、これらは、精神的な豊かさや、文化的な特性を理解するために必要でしょう。この種の読書にあっては、人によって読む本が違うのは当たり前です。同じ本を読んで、全員が面白いと思うことは絶対ありませんし、それでいいのです。読んでいて面白くなかったら、止めればいい。半ページ読んで全く面白くなかったら、ゴミ箱行きでもいいのです。ゴミ箱ではもったいないから、その本はブックオフにでも持って行ってください(笑)。しかし、感動した本に出合ったら、大切に扱うでしょうし、簡単には捨てられません。それは、文字、文章から読み込んだものが自分の頭の中でさらに膨らみ、その本がただの物体ではなくなるからです。

言葉は、自分の考えていることを伝達する手段であるとともに、実は、ものを考えるときの媒体です。言葉で考えているはずです。今日の晩御飯を何にしようか考えるときに、言葉で食材を考えて、言葉で何ができるかを、お考えになると思います。言葉で考えていることが、さらには行動を左右します。その言葉によって考えていることを表すのが文字であり、文章です。そして、文章の集積が本になります。一方、その本を読むことで、文字によって伝えられる情報を頭の中では言葉で整理し、再度加工して自分の思考に取り込んで行きます。したがって、言葉は、人間の生き方だけでなく、文化活動にとっても重要な意味を持っています。共有している言葉、言語が欠落すると、

シュピッツベック「本の虫」：Einleitung von H. Koch, Carl Spitzweg, 1985.

一つの文化共同体は壊れます。言葉、言語が共通であれば文化共同体は成り立ちます。場合によっては、一つの国の形を決めることにもなります。

文字というものは、頭の中にある思考を形にする道具です。文字の発見は、思考の伝達ということだけではなく、文化の継承を促すということからも、素晴らしい出来事でした。先ほど、奈良時代の初期においては、日本の固有の文字がなく、『万葉集』も日本語の音を漢音に置き換え、漢字表記にすることで出来たという話をしましたが、そのことが出発点になって漢字から平仮名、カタカナが作られ、日本文の特徴である、漢字と仮名とが交じり合ったスタイルが完成しました。漢字、仮名交じりの文章が書けるようになって、日本の文化の発信が促進され、日本文化の特性を醸し出すようになったのです。

このような日本語の文章の成り立ちを考えますと、漢字の果たした役割は大きいですね。日本の文字を持たない時代にあっては、漢籍と苦闘しながら海外の文化を取り込み、考えたことも漢文で書き表すしかなかったのです。遣隋使や遣唐使の時代に留学生が漢籍に親しみ、空海がたくさんの仏典を持ち帰った時代は、漢文で文章を書くしかありませんでしたが、実はそのことが日本文化の土台にもなっているのです。東アジアの圏域では、漢字はヨーロッパのラテン語的存在なのです。中国、韓国、台湾、ベトナム、そして日本は漢字文化圏に属します。明日、ハノイのベトナム国家大学に行きますが、ベトナムは、現在では漢字を使っていませんが、言葉の中に漢音が残っています。

ほんの僅かな時間しか話していないのに、長年交流のある友達みたいに親しくなった韓国の憲法学者がいます。私はハングルが読めないし、韓国語が話せません。その憲法学者は、日本語が読めないし、話せません。英語はさておき、二人で行ったのは漢文での筆談です。細かな表現は、漢文の方が便利です。僅かな時間でしたが、十分に意思疎通ができて、かつ人柄も分かって、「刎頸《ふんけい》の交わり」だと言って杯を上げました。

次の年、韓国に招聘されて行きましたが、漢字文化を土台にした精神的風土には、非常に似たものがありました。隣の国の文化を理解する上でも、漢字は非常に大事です。今の学生の中には、日本語の平仮名、カタカナが漢字から作られたことさえ知らない学生がいます。カタカナの外来語はよく知っているのに、「いろはにほへと……」を漢字で書きなさいというと、何のことかとキョトンとしています。言葉のルーツを教えなければならないのです。文字は大切ですので、時々変な講義をしています。

(2) 精神的な豊かさや文化的な特性を維持しようとする場合、語り伝えることもできますが、空海が言うように、文字に書き表した書物があることによって、時空を超え、知恵としての体系を伝達することができます。ただし問題なのは、文字だけで伝授できるのかということです。文字で伝達できるのは、実は事物の半分程度でしかありません。

空海は長安に行き、今の西安ですが、青龍寺のお坊さんであった恵果《けいか》から密教の認可を受け、たくさんの経典を手に入れて、密教の伝授者として日本に帰ります。このときに教典の文字情報だけでなく、曼荼羅《まんだら》を渡されて持ち帰っています。

青龍寺（矢野建一撮影）

曼荼羅というのは密教の世界を描いた絵です。金剛界曼荼羅と胎蔵界曼荼羅の二つを両界曼荼羅といいますが、文字で伝達できない本質的な部分をこの絵を見て感じ取ることのできる人に、認可を与えたのだと思います。先ほどお話しした感性の領域の問題です。伝授する方も伝授される方も、相互の感性が一致して、文字で伝えられない部分まで全て伝授できるということではないかと思います。こういう世界が東洋にはあります。

ヨーロッパでは、始めに言葉ありきですが、終わりも言葉ですね。しかし、東洋では、言葉は一部でしかない。半分ぐらいの役割しか果たさないと思います。たとえば、江戸時代、武道を伝授するときに認可状の巻物を渡します。巻物には、文字は多くは書かれておりません。武術の型の名称や順序などは文字で書かれていますが、後は動きを絵で描いてあることが多いです。伝書の文字だけ読んでも分からないし、絵で示された動きを体得した人でないと再現するのが難しいですね。

居合の夢想神伝流には、奥伝の「位取り」の一つに神妙剣というものがあります。文字だけ読んでもどんな動きなのか分かりませんが、ある程度修練を積んでいる人であれば、多くの文字がなくとも、絵の動きから、間合いの取り方や体捌きなどがパッと分かります。まさに間一髪の所での神妙な剣捌きなのです。そういう世界では、文字の役割にも限界があります。人間が知恵を伝授するとき、文字に頼らない世界が東洋には残されています。文化的な発展を遂げる上で、これが良いのか、悪いのか、問題ではありません。しかし、私は文化的な特性として大切にすべきだと思っています。

(3) 言葉の問題に関して、少し専修大学の話をさせていただきます。専修大学の四人の創立者（相馬永胤、田尻稲次郎、目賀田種太郎、駒井重格）たちは、幕末には、倒幕派と佐幕派に分かれていましたが、明治維新の動乱の中を生き抜き、太平洋を渡って米国に留学しました。約八年間滞在して、ハーバード、イェール、コロンビア、ラトガースの各大学で近代の学問を修得して日本に帰ってきました。留学の費用に関しては、藩や新政府の資金、さらにはボランティアの支援を得て勉学することができましたが、切り詰めた生活だったと思います。帰国後、創立者たちは、官界や財界に身を置きながら、夜の時間を使って近代の学問を日本語で教授する「専修学校」を創立しました。明治一三年のことです。

その当時、法律を教授する公的機関がありましたが、まだ英語やフランス語などの外国語でしか教授されていませんでした。まだ、専門用語が日本語になっていなかったのです。そこで、創立者たちは、法律や経済の専門用語を日本語に訳しながら、日本語で教授することを始めたのです。なぜ、このようなことを始めたのかと言いますと、日常生活で使っている言葉、言語の大事さを熟知していたからです。

留学すると分かることなのですが、頭の中でものを考えるとき、現地の言葉で考えるようにならないと議論はできません。留学して日数が経つうちに、頭の中からだんだん日本語が消えていきます。私は、ドイツに留学しましたが、大学の研究室から疲れ果てて帰宅し、美空ひばりの歌のカセットテープを聴くと、日本語の世界が懐かしく涙が出る思いをしました。その頃は、もう夢の中でもドイツ語をしゃべっていましたので、日本語は意識しないと出てこないのです。自動車が泥水の中を走ってきて歩道を歩いている人に泥水をはねかけるとします。その水がはねることを、日本語でなんと言ったのか、すぐには出てこないのです。「ピシャッとひっかかったが。」というような身に染みた方言さえ忘れてしまっているのです。こういう経験をしますと、日常的に使われている言葉が生活様式を規制し、規範意識に係わっていることが実感として分かります。その国の言語はその国の法的思考を規定すると言っても過言ではありません。

日本が明治維新後、近代国家になるためには、近代法を導入し新しい法制度を設けなければなりませんでしたが、欧米のものをそのまま輸入したのでは、ずっと借り物ということになります。制度、システムを動かすのは人間ですから、日本人の頭の中で新しい価値観を創造し、新しいものの考え方が出来るようにならないと、列強に伍していけない。そのためには、日本語で考えることが必要ですし、法律や経済を日本語で語れるように教育しなければなりません。そこで、法律や経済の専門用語を日本語に訳しながら、日本語で教育することを始めたのです。創立者たちは、言葉、言語が国の形を決めることを体験していたからこそ、あえて困難な道を選んだのでした。

(4) 第二次世界大戦後にあっては、日本語の使い方がかなりいい加減になってきています。言葉は生き物ですから、社会の状況を反映しているのですが、文字で表現するにしても言葉足らずであったりします。活字文化そのものが、希薄化しつつあります。カタカナの造語や略した言葉が溢れています。

AKB48でしたか、よく聞いたらお嬢さん方の歌のグループだということで、「これはどういう言葉なのか」と思いながら、時代遅れになっていると感じます。また、よく学生が会話の中で、「超うれしい」とか「かわいい」という言葉を使っています。散髪して大学に行くと「先生、かわいい。」と言われます。最近は、「かわいい」と言われると楽しいのですが（笑）、言葉の使い方がちょっと違うのではないかと思いますけれど、最高の褒め言葉だと言われると、嬉しく思ってしまいます。こういう会話も、一つの文化ではあります。しかし、価値観や価値秩序という哲学的な考え方をするときには、「超うれしい」、「かわいい」では論理が組み立てられません。

また、昨今では英語は毎日のように聞こえてきます。英語を使うことが国際化かというと、そうではありません。英語は多くの国で通用する言語ではありますが、あらゆる分野を英語で統一するということになると、母国語が飛んでしまい、ものの考え方もアメリカナイズする、あるいはイギリスナイズするということになります。国際化するということは、言語を統一することではなく、自分の核となる母国語を保持した上で、国際的に通用性のある言語を駆使できるようにすることです。

そういう意味で、言葉としての日本語は、日本でのものの考え方を醸成する上では大事ですし、日本人の感性を日本語に乗せて表現する習慣が大切です。こういう背景もあって、平成一七年に「文字・活字文化振興法」が制定されたのですが、条文の文言だけでは制定の趣旨が分かりにくかろうと思います。今年は、その法律が施行されてから五年経つということで、国会で「国民読書年」が決められました。「皆さん、本を読みましょう」ということでしょうが、一般の人の意識からすると少し開きがありますね（笑）。単なる読書の勧めではなく、文字・活字文化を活性化するという意味で、本を読みましょうということなのです。

(5)　電子辞書が普及し、電子書籍が出始めました。本を手にしなくても、コンピュータで小説などが読めるようになりました。それも一つの文化としては

K. Binding, Die Normen und ihre Übertretung

楽しいのですが、次のような楽しみを味わうことはないと思います。

ここに二冊の本があります。一つは一九二二年にドイツのライプチヒで発行されたもので、ビンディング（Karl Binding）という刑法学者が書いた『規範論』という本です[28]。四巻からなる本の第一巻です。だいぶ紙魚が入ってぼろぼろですが、刑法学者にとっては聖書だと言われているものです。この本は、恩師の植松正先生から貰い受けました。この本は、植松先生が、第二次世界大戦前に本郷の本屋で買い求め、戦時中は防空壕に入れるなどして愛蔵した書物です。今は私の手元にあります。植松先生は、一番最後の弟子に託したのだと思いますが、この本を開くと読んだ人の手あかがついていたり、アンダーラインが引かれていたりしますが、大事に読み、考えながら読んだことが分かります。こういう本がないと思索のプロセスを伝えることができません。

二つ目は、私がたいへん大切にしている、M・E・マイヤー（Max Ernst Mayer）という刑法学者の『ドイツ刑法総論』という本です(29)。この本は、一九一五年に発行されました。この本は、戦後においては、西ドイツでも日本でも入手困難なものでした。また、マイヤーは戦前に亡くなっていますが、その理由を正確には知りませんでした。ドイツ留学中に、ドイツの恩師であるアメルンク教授から聞いてはじめて知りました。マイヤーは、ナチスの刑法学に対抗していたが、それに耐えられなくなって大学の研究室で自殺をしたというものでした。刑法理論は価値観の対立が厳しい学問分野なので、戦前のナチスの統制下では、そういうこともありうると思いました。そのマイヤーが命を賭した

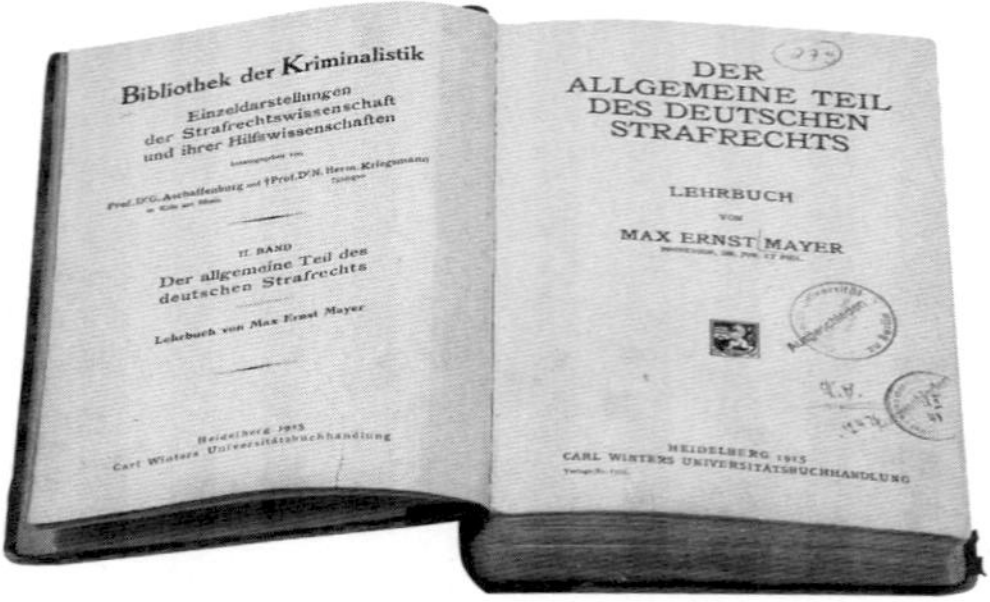

Mayer, Der allgemeine Teil des deutschen Strafrechts.

刑法理論が書いてあるのが、この本なのですが、しかもこの本は、ベルリン大学で教鞭を執っていたもう一人の有名な刑法学者フランツ・フォン・リスト（Franz von Liszt）の研究室にあったものです。このことは、本を開いた最初のトビラ表紙にリストの研究室の蔵書印が押してあることで分かります。

この本をどうやって手に入れたかと言いますと、ドイツ留学中に、スイスの古書店のカタログに記載してあるのを見つけ、注文して取り寄せたのです。スイス経由で西ドイツに入ってきたものです。ベルリンの壁が崩壊する前の話ですが、東ドイツにあった戦前の学術書の貴重本がスイスの古書店に流出し、そして西ドイツに里帰りするということが結構ありました。このマイヤーの本も、第二次世界大戦中の戦禍をかいくぐり、東ドイツのベルリンから中立国のスイスに行き、そして西ドイツに入ってきて、私の住んでいたトリーアにたどり着きましたが、さらに、私とともに日本に旅立ち、今こうして入間にあります。本の命は、人間よりはるかに長く、その旅はとめどもなく続きます。その間に、多くの人に読まれます。私の前の持ち主は、本の紙質が弱くなった部分を薄く裏打ちして読んでいます。いろんな書き込みもありますが、余白に丁寧に書いてあるので研究者の手によるものだと分かります。この書き込みがヒントにもなります。私にとっては、貴重な本の一つです。

先ほど刑法学は美学だと言いましたけれど、刑法理論の組み方に美学を感じたのはマイヤーの本です。本は手に取って読み、要らなかったらゴミ箱に捨ててもいいのですが、ヒントになった箇所に線を引き、感じたことを余白に書き込み、考えながら読み進んだ痕跡を残しておくことも、本の本たる所以ではないかと思います。考えるための本にあっては、思索の足跡が残っていた方が有用なことが多いのです。もっとも、こういう事のできる本は、自分の蔵書に限られます。公共の本の場合は、常に真っ新にしておくべきです。読み手の思索の痕跡を残すべきではありません。

今の情報化社会においては、情報の入手が便利になりました。いちいち本を読んで情報を入手するより、コンピュータで情報検索をした方がはるかに早く情報が入手できます。しかし、多数の情報を入手したということに安心し、情報を読み解き、情報を作るという発想が抜け落ちることが多々あります。コンピュータ情報も有用でありますが、本を手に取りながら読み、読みながら考え、思索の過程を文字にしていくことは大切です。

文字・活字文化は、文字を媒体として頭の中で考え、考えたことを文字に起こし、文章によって知恵の体系を伝えて行くということにより成り立つものであります。その過程の中で、読書という作業は、知的生産の営みを推進するものです。私たちの世代までかも分かりませんが、「積ん読」も読書です。ぜひ皆さん、機会あるごとにいろんな本をお読みになって下さい。好きな本だけ読んで、嫌いな本は読まなくてもよいのです。義務的に本を読んでも、なに一つ面白くありませんし、第一楽しくありません。好きな本を読み続けて、自分の思考の地下水脈を太くしていくことの方が大事です。私も老眼になってしまいまして、活字の小さな本を読むのは大変です。神田神保町の古本街に行きますと大正期から昭和初期の本で、活字が大きく、漢字にルビが振ってある古典の本がまだ見つかります。そういう本も読書の楽しみに加えられることをお勧めして、本日の講演を終わらせていただきます。

（二〇一〇年一一月一四日）

＊読書案内をかねて注を付した。

注

（1）『秘蔵宝鑰』を収録した書籍は多数あるが、最近のものとしては、『弘法大師空海全集　第二巻思想篇二』（筑摩書房、昭和五八年）、宮坂宥勝監修『空海セレクション1』（ちくま学芸文庫、平成一六年）、加藤純隆＝加藤精一訳『空海「秘蔵宝鑰」』（角川ソフィア文庫、平成二二年）などがある。
空海の伝記としては、千葉鼓堂「弘法大師抄傳」『高僧名著全集　第二巻・弘法大師編』（平凡社、昭和五年）五一一―五三七頁、加藤精一『弘法大師空海伝』（春秋社、平成元年）、渡辺照弘＝宮坂宥勝『沙門空海』（ちくま学芸文庫、平成五年）、宮坂宥勝『空海　生涯と思想』（ちくま学芸文庫、平成一五年）などがある。

なお、愛読書に司馬遼太郎『空海の風景　上巻、下巻』（中央公論社、昭和五〇年）、同『空海の風景（上）、（下）』（中公文庫、改版・平成六年）、梅原猛『空海の思想について』（講談社文庫、昭和五五年）がある。

（2）井上靖『天平の甍』（新潮文庫、昭和三九年）、同『敦煌』（新潮文庫、昭和四〇年）。

（3）三蔵玄奘が長安からインドの旅について記したものに、『大唐西域記〈大乗仏典第九巻〉』（中央公論社、昭和六二年）がある。なお、インド求法の旅行記については、慧立＝彦悰［長澤和俊訳］『玄奘三蔵―西域・インド紀行』（講談社学術文庫、平成一〇年）がある。

（4）空海の文章論としては、『文鏡秘府論』（全六巻）、『文筆眼心抄』（全一巻）がある。これらは、『弘法大師空海全集　第五巻詩文篇一』（筑摩書房、昭和六一年）に収録されている。空海の漢文が明晰である秘訣がこの大書に記されている。また、空海がどのような漢籍を読み込んでいたのかが分かる。

（5）読書論については数多くの本があるが、M・J・アドラー／C・V・ドーレン〔外山滋比古＝槇未知子訳〕『本を読む本』（講談社学術文庫、平成九年）

は、読書のレベルと段階を説いている。

なお、ショウペンハウエル『読書について 他二篇』(岩波文庫、昭和三五年、六九版・平成二二年)、三木清『読書と人生』(新潮文庫、昭和四九年)、清水幾太郎『私の読書と人生』(潮文庫、昭和五〇年)などは、読書論の本としてよく読まれる。読む返すたびに、はっと気づくことがある。

(6)論語に関しては、漢籍のなかでも長く読み継がれているものであり、極めて沢山の文献がある。愛読しているものを挙げると、渓百年編注『経典余師 論語一、二、三、四』(古いものは天明年間に出されているが、手許のものは幕末のものと思われる。復刻本としては渓百年編注『経典余師集成第一巻・大学 論語』〈大空社、平成二一年〉がある)、渋澤栄一講述=尾高維孝筆録〔二松学舎大学出版部編集〕『論語講義』(明徳出版社、新版・昭和五〇年)、渋澤栄一『論語と算盤』(角川ソフィア文庫、平成二〇年)、穂積重遠『新訳論語』(社会教育協会、昭和二二年)、同『新訳論語』(講談社学術文庫、昭和五六年)、諸橋轍次『掌中 論語の講義』(大修館書店、昭

和二八年、二八版・昭和四五年)、簡野道明『論語解義』(明治書院、増訂版・昭和三二年)、宇野哲人『論語新訳』(講談社学術文庫、昭和五五年)などである。

文言の解釈にとどまらず、その人の人生経験を織り込んで論語を説く書物が、私には面白く、論語の懐の深さを感じる。

(7) 浅野建二校注『人国記・新人国記』(岩波文庫、昭和六二年)九三頁。また、加藤咄堂『日本風俗志　下巻』(新修養社、大正七年)には、「日薩隅の三国は天孫発祥の地たると共に異民族の蟠居したる所にして古く襲の国と称せられ、しばしば皇師に反抗せしは史の明示する所」(六四三頁)と記され、「日向の一部(那珂郡飫肥の伊東氏、児湯郡高鍋の秋月氏、臼杵郡延岡の内藤氏)を除きしは全部島津氏の領土(日向宮崎郡佐土原は島津氏の支藩)で隠然日本の別天地をなして居つた」(六四五頁)として、「人国記」の引用がなされている。

しかし、前には太平洋、後ろには九州山脈を背負う日向の国に住まう者としては、全く別の風土認識を持っているように思う。自然に同化し、情が理屈を超えるという風土なのである。

（8）『国性爺合戦』を収録している最近の書物としては、『近松門左衛門集〈新潮日本古典集成〉』（新潮社、昭和六一年）一五三―二六三頁がある。画文の本としては、橋本治【文】＝岡田嘉夫【絵】『歌舞伎絵巻四　国性爺合戦』（ポプラ社、平成二二年）がある。
『絵本太閤記』は江戸時代の和綴本である。手元にあるものは大正時代に出版された塚本哲三編輯『絵本太閤記　上、中、下』（有朋堂文庫、大正一一年）であるが、漢字にはルビが付されている。最近のものとしては、現代文による歴史絵本研究会編『新編絵本太閤記』（主婦と生活社、平成七年）がある。

（9）徒然草も枕草子も、日本文学の古典であり、それに関する書物は数え切れないほど多数ある。最近のもので読みやすいものとしては、永積安明校注・訳「徒然草」『方丈記、徒然草、正法眼蔵随聞記、歎異抄〈日本古典文学

全集二七〉』（小学館、昭和四六年）五一―二八六頁、松尾聰＝永井和子校注・訳『枕草子〈日本古典文学全集一一〉』（小学館、昭和四九年）などがある。

手元においてよく読んでいるものとしては、北村李吟〈鈴木弘恭訂正補訂〉『徒然草文段抄　上巻、中巻、下巻』（発行者青山清吉、訂正補訂版・明治二七年）がある。なお、専修大学図書館蔵の古典籍としては、江戸初期の写本で、狩野派の奈良絵が添えられた『徒然草』（三帖）がある。

(10) 簡便なものとしては、角川書店編『源氏物語〈ビギナーズ・クラシックス〉』（角川ソフィア文庫、平成一三年）がある。現代語訳としては、与謝野晶子訳『源氏物語　上、下〈日本の古典三、四〉』（河出書房新社、昭和四六年）、谷崎潤一郎『新訳源氏物語　全六巻』（中央公論社、昭和三一年）などがある。

(11) 唐詩選に関する簡便なものとしては、前野直彬注解『唐詩選　全三巻』（岩波文庫、平成一二年）、高木重俊＝石嘉福『唐詩選［上］、［下］』（NHKブックス、昭和四一年）、小川環樹＝都留春雄＝入谷仙介選訳『王維詩集』（岩波文庫、昭和四七年）、松浦友久編訳『李白詩選』（岩波文庫、平成九年）、小川環樹＝和田武司訳注『蘇東坡詩選』（岩波文庫、昭和五〇年）、松枝成夫＝和田武司訳注『陶淵明全集』（岩波文庫、平成二年）、河合康三選訳『李商隠詩選』（岩波文庫、平成二〇年）などを挙げることができる。

さらに、簡野道明講述『和漢名詩類選評釈』（明治書院、大正三年、修正版〔八〇版〕・昭和四一年）、石川忠久『漢詩のこころ』（時事通信社、昭和五五年）、同『漢詩の魅力』（時事通信社、平成五年）、一海知義『漢詩一日一首　全二巻』（平凡社、昭和五一年）などは、繰り返し読んでも面白い。なお、ＮＨＫのテレビ放送「新漢詩紀行」をＤＶＤにした石川忠久監修『新漢詩紀行　全一〇巻』（ケンメディア、平成二一年）は、漢詩の詩情を描き出していて興味尽きない。

論語に関する簡便なものとして、金谷治訳注『論語』（ワイド版岩波文庫、平成一三年）、吉田公平『論語』（タチバナ教養文庫、平成一二年）などがある。孟子に関する簡便なものとしては、小林勝人訳注『孟子（上）（下）』（岩波文庫、昭和四三年、昭和四七年）がある。なお、吉田松陰〔近藤啓吾全訳注〕『講孟劄記（上）、（下）』（講談社学術文庫、昭和五四年、五五年）、同〔広瀬豊校訂〕『講孟余話』（岩波文庫、昭和一一年、一三刷・平成一八年）、簡野道明校閲『孟子新解』（明治書院、九年、七版・昭和一一年）、穂積重遠『新訳孟子』（社会教育協会、昭和二三年）などは、一読を勧めたい本である。

そのほか、私がよく読んだ公田連太郎の書物としては、公田連太郎編述『荘子内篇講話』（明徳出版社、昭和三五年）、同編述『荘子外篇講話上』（明徳出版社、昭和三六年）、公田連太郎述『易教講話　全五巻』（明徳出版社、昭和三三年、新版・平成九年）、公田連太郎訳・大場彌平講『孫子の兵法〈兵法全集第一巻〉』（中央公論社、昭和一〇年）、同『呉子の兵法〈兵法全集第二巻〉』（中央公論社、昭和一〇年）、同『尉繚子〈兵法全集第三巻〉』（中央公論社、昭和一〇年）、同『司馬法〈兵法全集第四巻〉』（中央公論社、昭和

一一年)、同『李衛公問對〈兵法全集第五巻〉』(中央公論社、昭和一一年)、同『六韜〈兵法全集第六巻〉』(中央公論社、昭和一一年)、同『三略〈兵法全集第七巻〉』(中央公論社、昭和一一年)などがある。兵法全集の本は、表紙や背表紙が傷み、製本をやり直しては読んでいる。

また、簡野道明『老子解義』(明治書院、昭和七年、二九版・昭和四〇年)、諸橋轍次『荘子物語』(大法輪閣、昭和三九年)、同『老子の講義』(大修館書店、三版・昭和五一年)、同『孔子・老子・釈迦「三聖会談」』(講談社学術文庫、昭和五七年)、小川環樹＝森三樹三郎『老子　荘子〈世界の名著四〉』(中央公論社、昭和四三年)、森三樹三郎『老子・荘子』(講談社学術文庫、平成六年)なども、漢籍を身近に感じる本である。

(12) 万葉集に関する書籍としては、高木市之助＝五味智英＝大野晋校注『萬葉集全四巻〈日本古典文学大系四、五、六、七〉』(岩波書店、昭和三五年)、小島憲之＝木下正俊＝佐竹昭弘『萬葉集　全四巻〈日本古典文学全集二、三、四、五〉』(小学館、昭和四六年〜五〇年、四版・昭和五一年〜五三年)、池

田彌三郎ほか編『グラフィック版　万葉集〈日本の古典二〉』(世界文化社、昭和五〇年)、伊藤博ほか編『萬葉集〈図説日本の古典第二巻〉』(集英社、昭和五三年)などがある。

(13) 伊藤博『萬葉集釋注(本巻全一〇冊、別巻一、補巻二の全一三巻)』(集英社、平成七年)。文庫本としては、伊藤博『萬葉集釋注(全一〇巻)』(集英社文庫へリテージシリーズ、平成一七年)、伊藤博校注『万葉集　上巻・下巻「新編国歌大観」準拠版』(角川日本古典文庫、昭和六〇年)がある。

(14) 犬養孝『万葉の旅　上、中、下』(現代教養文庫、昭和三九年)、同『改訂新版　万葉の旅　上、中、下』(平凡社ライブラリー、平成一五年〜一六年)同『明日香風—随想万葉風土—』(社会思想社、昭和四七年)、同『万葉風土　明日香風』(現代教養文庫、昭和五一年)、同『万葉の風土』(塙書房、昭和三一年)、同『万葉の風土　続』(塙書房、昭和四七年)、同『万葉の人びと』(PHP研究所、昭和五三年)、同『万葉の人びと』(新潮文庫、昭和五六年)、同『万葉のいぶき』(PHP研究所、昭和五〇年)、同『万葉のいぶき』(新潮文庫、昭和五八年)、同『万葉十二ヵ月』(新潮文庫、昭和六一年)、同『万葉　花・風土・心』(現代教養文庫、昭和六二年)、犬養孝【文】=田中真知郎【写真】『万葉の大和路』(講談社、昭和五八年)、犬養先生を祝う会『わたしの道　萬葉の道—犬養孝先生を祝う—』(昭和五三年、非売品)など。

(15)

棟方志功『わだばゴッホになる』(日本経済新聞社、昭和五〇年、三版・昭和五一年)、同『棟方志功「わだばゴッホになる」』(日本図書センター、平成九年)、同『板極道』(中央公論社、昭和三九年、改訂再版・昭和四七年)、同『板散華』(講談社文芸文庫、平成八年)、同『流離抄板畫巻』(龍星閣、昭和二九年)、同『板画・奥の細道』(講談社文庫、昭和五一年)、棟方志功【板画】=保田與重郎【歌】『炫火頌』(講談社文庫、昭和五七年)など。画業に関する全集としては、『棟方志功全集　全一二巻』(講談社、昭和五三年〜五四年)がある。

棟方志功の伝記については、小高根次郎『棟方志功—その画魂の形成—』(新潮社、昭和四八年）、同『湧然する棟方志功』（新潮社、昭和四九年）、長部日出雄『鬼が来た―棟方志功伝（上）、（下）』（人物文庫・学陽書房、平成一一年）がある。

(16) 高村光太郎『智恵子抄』（新潮文庫、昭和三一年）、同『道程』（角川文庫、昭和二六年、改版四版・昭和四五年）、同『高村光太郎詩集』（岩波文庫、昭和三〇年）、同『美について』（道統社、昭和一六年）、同『美について』（角川文庫、昭和三五年、改訂初版・昭和四六年）、同『随想　某月某日』（龍星閣、昭和一八年）、高村光太郎訳〔高田博厚＝菊池一雄編〕『ロダンの言葉抄』（岩波文庫、昭和三五年）など。
そのほか、高村光太郎に関するものとしては、伊藤信吉編『光太郎のうた』（現代教養文庫、昭和三七年）、伊藤信吉＝北川太一＝高村規共編『紙絵と詩　智恵子抄』（現代教養文庫、昭和四〇年）、草野心平『わが光太郎』（二玄社、昭和四四年）、高村光太郎〔編集・吉本隆明＝北川太一、写真・高村規〕『高村光太郎　造型』（春秋社、昭和四八年）などがある。

(17)『高村光太郎全集　全一八巻』(筑摩書房、昭和三三年、第二刷・昭和五一年)。

(18)梅原猛『哲学する心』(講談社文庫、昭和四九年)、『日本学の哲学的反省』(講談社文庫、昭和五一年)、『日本文化論』(講談社文庫、昭和五一年)、同『哲学の復興』(講談社現代新書、昭和四七年)など。

(19)鈴木大拙『禅とは何か』(角川文庫、昭和二九年、改版・六刷・昭和四四年)、同『禅とは何か』(角川ソフィア文庫、平成二〇年)、同〔北川桃雄訳〕『禅と日本文化』(岩波新書、昭和三九年)、同〔北川桃雄訳〕『続・禅と日本文化』(岩波新書、昭和一七年)、同『無心ということ』(角川文庫、昭和三〇年、改版三刷・昭和四三年)、同『無心ということ』(角川ソフィア文庫、平成一九年)、同『日本的霊性』(岩波文庫、昭和四七年)、同『対話　人間いかに生くべきか』(現代教養文庫、昭和四八年)、同『東洋的な見方〈鈴木大拙・続禅選集　第五巻〉』(春秋社、昭和三八年、二刷・昭和四〇年)、同『禅の思想〈鈴木大拙・禅選集　第一巻〉』(春秋社、昭和三五年、四刷

・昭和四〇年)、同『禅による生活〈鈴木大拙・禅選集　第三巻〉』(春秋社、昭和三五年、六刷・昭和四〇年)』、同〔北川桃雄訳〕『対訳　禅と日本文化 Zen and Japanese Culture』(講談社インターナショナル、平成一七年)、Daisetz T. Suzuki, Zen and Japanese Buddhism, Japan Travel Bureau, 2nd edition, 1961. など。

(20)「不動智神妙録」「太阿記」は、池田諭訳『沢庵　不動智神妙録』(徳間書店、昭和四五年)に収録されている。

なお、武道と禅に関するものとしては、宮本武蔵〔高柳光寿校訂〕『五輪書』(岩波文庫、昭和一七年、一一刷・昭和四六年)、柳生宗矩〔渡辺一郎校注〕『兵法家伝書』(岩波文庫、昭和六〇年)、結城令聞『剣禅一如　沢庵和尚の教え』(大東出版社、昭和一五年、新版・平成一三年)、鎌田茂雄編・解説『禅と武道〔禅と日本文化　第六巻〕』(ぺりかん社、平成九年)、山岡鉄舟〔高野澄編訳〕『山岡鉄舟剣禅話』(タチバナ教養文庫、平成一五年)、阿部正人編・山岡鉄舟筆記・勝海舟評論『鉄舟随感録』(国書刊行会、平成一三年）、並木靖『勝海舟の原点　直心の剣の悟り』（平安書店、昭和四九年）などがある。

(21) オイゲン・ヘリゲル述〔柴田治三郎訳〕『日本の弓術』（岩波文庫、昭和五七年）、オイゲン・ヘリゲル〔稲富栄次郎＝上田武訳〕『弓と禅』（福村出版、昭和三四年）、オイゲン・ヘリゲル〔藤原美代子訳〕『無我と無私―禅の考え方に学ぶ』（ランダムハウス講談社、平成一八年）、オイゲン・ヘリゲル〔榎木真吉訳〕『禅の道』（講談社学術文庫、平成三年）など。

(22) 新渡戸稲造『武士道』（岩波文庫、昭和一三年、一一刷・昭和四四年）、新渡戸稲造〔奈良本辰也訳・解説〕『武士道』（三笠書房、新装版・平成九年）、Inazo Nitobe, BUSHIDO The Soul of Japan - An Exposition of Japanese Thought, Tuttle Publishing, 1969.（この本は、一九〇五年にニューヨークで出版されたものを原本にしたもので、William Elliot Griffis の序文が記されている。）、新渡戸稲造『修養』（タチバナ教養文庫、平成一四年）、同『東西相触れて』（タチバナ教養文庫、平成一四年）など。なお、新渡戸稲造の全集については、『新渡戸稲造全集　全二三巻別巻一』〈教文館、昭和四四年、増補復刻版（別巻二を追加）・平成一三年）がある。

（23）よく読んだもののうち敢えて一冊を挙げるとするならば、ゲーテ〈相良峯訳〉『イタリア紀行　上、中、下』（岩波文庫、昭和一七年、改版・昭和三五年）、シラー〈久保栄訳〉『群盗』（岩波文庫、昭和三三年）、ヘッセ〈高橋健二訳〉『デミアン』（新潮文庫、昭和二六年）、同〈実吉捷郎訳〉『デミアン』（岩波文庫、昭和三四年）、同〈常木実訳〉『デーミアン』（世界文学全集五四『郷愁／車輪の下　他』〈集英社、昭和四三年〉二九三頁）ということになろう。

留学中にドイツ文豪の足跡をめぐる旅をしたことがある。ワイマール（Weimar）の劇場広場にあったゲーテ＝シラー像（Goethe-Schiller-Denkmal）が澄んだ青空の中に立っていたのが印象的だったし、シラーハウスやゲーテハウスをのぞき見ては、創作の現場に思いを馳せた。また、ゲーテの『若きウェルテルの悩み』（岩波文庫〈竹山道雄訳〉、昭和二六年）の舞台となったヴェツラー（Wetzler）に行ったときは、街角のカフェに座っていると、時間がゆったりと流れ、その当時の街並みの中にいるような感じがしたものだ。

（24）デューラーに関するものとしては、Einleitung von Wolfgang Hätt, Albrecht Dürer 1471 bis 1528, Das gesamte graphische Werk Handzeichnung, Bd. 1, Bd. 2, Manfred Pawlak.（本書には出版年の記載がない。一九八〇年一〇月にトリーアの書店で見つけた。総頁数は一九六八頁であり、デューラーの作品がほぼ収録されている。）; Fedja Anzelewsky, Dürer Werk und Wirkung, Karl Müller Verlag, 1988; Albrecht Dürer, Tagebücher und Briefe, Langen-Müller, 1969; Lorenzo Camusso, Reisebuch Europa 1492 - Wege durch die Welt, Aus dem Italienischen von Friederike Hausmann, Artemis Verlag, 1990. など。
なお、日本のものとしては、新潮美術文庫六〔足立伸行執筆〕『デューラー』（新潮社、昭和五〇年）、デューラー〔前川誠郎訳〕『ネーデルラント旅日記』

ブリューゲル「雪の中の猟師たち」（1565年の作品、ウィーンの美術史美術館が所蔵。注24文献参照）

（岩波文庫、平成一九年）、デューラー〔前川誠郎訳〕『自伝と書簡』（岩波文庫、平成二一年）、E・バノフスキー〔中森義宗＝清水忠訳〕『アルブレヒト・デューラー　生涯と芸術』（日貿出版、昭和五九年）、マルティン・ベイリ〔岡部紘三訳〕『デューラー〈アート・ライブラリー〉』（西村書店、平成一三年）、藤代幸一『デューラーを読む』（法政大学出版局、平成二一年）などがある。

ブリューゲルに関しては、Tiziana Frati, Pieter Bruegel Das Gesamtwerk, Ullstein Kunst Buch, 1979. クラナハについては、Pierre Descargues, Lucas

Cranach Der Ältere, Galerie Somogy, 1958；Claus Grimm /Jahannes Erichsen/Evamaria Brechhoff, Lucas Cranach：Ein Maler-Unternehmer aus Franken,（Veröffentlichungen zur bayerischen Geschichite und Kultur；Nr.26）, Verlag Friedrich Pustet, 1994. が簡便である。メーリアンの書物で手許にあるものは、Matthaeus Merian, Topographia Germaniae, Archiv Verlag, Neue Ausgabe 2005, Reprint der Ausgabe von 1675.（この本は、全八巻からなる）；Matthaeus Merian, Deutsche Städte, Vedeuten aus der Topographia Germaniae mit einer Einleitung von Friedrich Schnach, Hoffmann und Campe Verlag, 3. Aufl., 1963. がある。カナレットに関しては、Angelo Walther, Bernardo Bellotto genannt Canaletto, Verlag der Kunst Dresden, 1995, 2.Aufl., 1998. が簡便である。シュピッツヴェクに関しては、Carl Spitzweg, Einleitung von Horst Koch, Artbook International, Berghaus Verlag, 1985. がある。

日本のものとしては、新潮美術文庫８〔宮川淳執筆〕『ブリューゲル』（新

カナレット「ドレスデンの旧広場」(1751年の作品、ドレスデンのアルテ・マイスター絵画館の所蔵。Vgl., Bernardo Bellotto genannt Canaletto, Verlag der Kunst Dresden 1988, S.38.)

潮社、昭和五〇年)、K・ロバーツ〔幸福輝訳〕『ブリューゲル〈アート・ライブラリー〉』(西村書店、平成一一年)、東武美術館『ブリューゲルの世界』(東武美術館、平成七年)、Bunkamura『ブリューゲル版画の世界』(読売新聞社、平成二三年)、ベルトルト・ヒンツ〔佐川美智子訳〕『ルーカス・クラーナ』(PARCO出版、平成九年)、ハマルテイン・ヴァルンケ〔岡部由紀子訳〕『クラナハ《ルター》』(三元社、平成一八年)、クリストファー・ベイカー〔越川倫明＝新田建史訳〕『カナレット〈アート・ライブラリー〉』(西村書店、平成一三年)がある。

なお、画集としては、嘉門安夫＝中山公男〔監修〕・千足伸行〔執筆〕『ファン・アイク／ボッシュ／ブリューゲル／デューラー／クラナハ〈ファブリー研秀世界美術全集　第四巻〉』（研秀出版、昭和五〇年）が北方ルネサンスの画家を集めている。

(25) Hermann Schedel, Weltchronik - Chronik vom Anfang der Welt bis 1493. 復刻版は、旧リンダウ市帝国図書館にあった一四九三年の原本をファクシミリ版としたものである。リンダウの Antiqua Verlag から出されているが、出版年は記されていない。この本は、一九九二年七月に、トリーアの本屋で見つけたものである。

(26) 佚齊樗山『天狗芸術論巻一、二、三、四』（書肆・武陽、彫工・栗原次郎兵衛、享保一四年）。なお、小笠原春夫『天狗芸術論』（文化書房博文社、昭和五八年）には、原本の写真版と読み下しが記されている。

(27) 植松正先生の研究業績等については、日高義博「植松正先生の人と学問」ジュリスト一一五六号（平成一一年）一三〇頁以下。

(28) Karl Binding, Die Normen und ihre Übertretung, Band I, 4. Aufl., 1922. なお、第一巻の初版は、一八七二年である。巻数は四巻であるが、第二巻が二―一巻と二―二巻の二冊からなっているので全五冊の著作である。本の題名は、「規範とその違反」である。ビンディングは、学派の争いの中で客観主義刑法理論を主張した一人であり、主観主義刑法理論を主張したリストと対峙した。規範論においては、犯罪は刑罰法規に合致するものであり、違反する対象は行為規範であるとして、裁判規範と行為規範との峻別を説いた。

(29) Max Ernst Mayer, Der allgemeine Teil des deutschen Strafrechts, 1915. マイヤーも客観主義的刑法理論を主張した一人である。マイヤーの刑法理論としては、構成要件論において、違法性を構成要件の認識根拠としたこと、行為規範の根拠を文化規範に求めたことなどが特徴的である。

II

読書随想

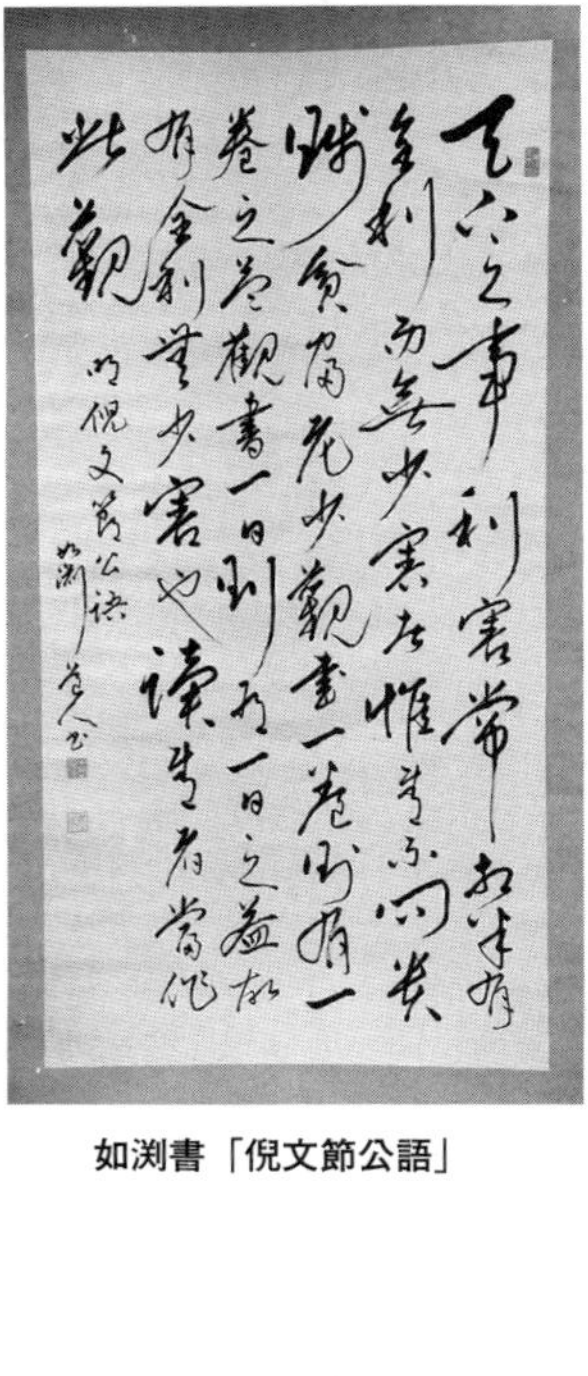

如渕書「倪文節公語」

※明の倪文節公の語

「天下の事、利害常に相半す。全利有りて少害無きものは、惟《ただ》書のみ。貴賤貧富老少を問わず、書を観《み》る一巻、則ち一巻の益あり。書を観る一日、則ち一日の益あり。故に全利ありて少害無きなり。書を読む者は、当に此観《このかん》を作すべし。」

※如渕

日高誠実《のぶざね》の号。梅瀬の号も用いる。日向高鍋《たかなべ》藩の漢学者。藩校明倫堂教授であったが、明治維新後、陸軍省に出仕。

1　タイ社会に対する日本の影

＊〔吉岡忍『日本人ごっこ』（文藝春秋）〕

タイは、「ほほ笑みの国」と言われてきた。五種類の声調を有するタイ語は、聞いていて柔和に響く。仏像や工芸品にも見るべきものが多い。木版画を彫る私には、画材となるものが散在していて、興味つきない国である。今年二月、薬物犯罪等の調査・研究のためタイを訪れた。目にしたタイ社会の印象は、灼熱の暑さにもまして強烈であった。

ドン・ムアン国際空港からバンコク市内に通じる高速道路の傍らには、日本企業の看板が立ち並び、回遊魚のごとく道路からはみだしそうに走っている自動車の多くは、日本車で占められている。しかも、日本であれば廃車になりそうな車が、丁寧に修理されサイドミラーもないまま快走し、ミゼットさえサムロとして交通機関としての役割をはたしている。テレビ、冷蔵庫などの電気製品も日本のブランド商品が幅をきかせている。タイにおける日本企業の数は昨年で約七五〇社、在留邦人が約一万三千人を数え、一年あたりの日本人観光客数は約五〇万人である。しかし、日本では、タイの社会状況が意外と分からないし、タイの人々から日本がどのように見られているのか、知る機会がすくない。

バンコクは、タイの中で一極集中の大都会であり、しかも地方と比較して、はるかに高い賃金を得ることの可能な場所である。貧富の差の激しいこの国にあって、若者は高収入と都会の生活を夢みて、ある者は生活のために否応なしに、バンコクに足をむける。今回、このバンコクの昼夜の実態を、犯罪現象の観点から垣間見たにすぎないけれども、日本の経済的な活動や日本人の行動が、ともするとタイの人々の価値観や生活様式に他律的な変動を与え、その国の生活系を破壊し、ひいては反日感情を生みだしはしないかと危惧の念を抱いた。

そんなことを感じながら、日本大使館員のH氏と話していた時、タイ在駐の日本大使の娘になりすました少女の事件を話題にした『日本人ごっこ』という本が最近日本で出されたのを知っていますか、と聞かれた。その時はそのことを知らなかった。帰国してさっそく読んでみた。事件の背景にあるタイ社会の状況が実によく描き出されている。本書は、タイとの経済・文化交流のあり方を考える上でも一読に値する。

本書は、チェンラーイ県のルアン村を故郷とする一四歳の少女が、「ユウコ」と名乗って日本大使の娘になりすまし、バンコク郊外のマンモス大学のキャンパスに出入りし、日本に憧れている学生たちに取り入って面倒をみてもらったり、さらには警察官を護衛に地方視察までやってのけた、という事件の社会的背景を追跡したものである。

殺人、強盗など凶悪犯罪の発生件数がきわめて多いタイにあっては、本件は些細な出来事にすぎないであろう。しかし、なぜ一四歳の少女に大人や学生がいとも簡単にだまされたのか、なぜ少女が日本人になりすまそうとしたのか、その理由や社会背景を探っていくと、タイが今かかえている社会問題だけでなく、タイに対する日本の影響の歪みが浮かび上がってくる。タイと日本との良き交流関係の維持のためにも、本書に浮き彫りにされた問題を真摯に考えることは無駄ではない。

（一九九〇年七月）

2　一六世紀のドイツ死刑執行人の記録

＊〔フランツ・シュミット〔藤代幸一訳〕『ある首斬り役人の日記』（白水社）〕

ドイツにおける中世の刑事裁判および行刑の実際を研究する必要に迫られたのは、シュペー（Friedrich von Spee, 1591-1635）の研究を始めたときからである。もう一〇年近い歳月が流れようとしているのに、研究の段階はまだ三合目あたりにあって、全体像を捉えるまでには至っていない。刑法史のほかに、ヨーロッパ中世史、言語学、地理学などとの関連領域の広がりに、ハードな山登りを連想させるものがある。そのような中にあって、私にとって『ある首斬り役人の日記』は、一つの道標ともいうべきものである。

本書は、ニュルンベルクの死刑執行人であったフランツ親方（Meister

Franz）が自己の執行した刑の記録を書きとめた日記である。この日記は、一五七三年六月五日から始まって一六一七年一一月一三日をもって閉じられている。この日記は、ニュルンベルクに生まれた法学者エンターによって編集され、一八〇一年にDas Tagesbuch des Meister Franz, Scharfrichter zu Nürunberg（ニュルンベルク死刑執行人、フランツ親方の日記）というタイトルで公刊された。当時は、近代刑法学が生成されつつあった頃であり、刑法学の研究者にインパクトを与えたことは想像に難くない。そのほかにも、ロマン派の詩人の関心を大いにひいたと言われている。

ニュルンベルクの風景

本書は、一九八〇年にドルトムントで復刻され、巻末には、ヤコブスの「文化史的・法制史的解説」とレンケの「文学史と民俗学からの解説」が付されている。この本を日本語に訳したのが『ある首斬り役人の日記』であり、一九八七年一二月に藤代幸一教授の手によって翻訳出版されたものである。

日記によると、フランツ親方は、刑吏（Henker）の職を父親から受け継ぎ、一五七三年にバンベルクにてはじめて泥棒に対し絞首刑を執行している。一五七七年からは、ニュルンベルクに移り、一六一七年に通貨偽造の罪に問われた者に対して火刑を執行したのを最後として、生涯に三六一名に対して死刑（絞首、斬首、車裂き、溺死）を執行し、三四五名に対して体罰（笞打ち、指切り、耳剝ぎなど）を執行している。

死刑（嬰児殺、殺人、放火、強盗などに対して科された）についてみれば、一年間に約八名の割合で執行されたことになる。ローテンブルクの年代記によれば、一五〇二年から一六二九年までの死刑執行数は年間一名の割合となっている。これと比較すると、ニュルンベルクの死刑執行数は、多い方に属する。
本日記は、刑法学の観点からは、一六、一七世紀の犯罪およびそれに対する刑の執行の実態を知る上で、極めて重要な手がかりとなるものである。さらに、一五〇七年にはバンベルク刑事裁判令（ＣＣＢ）が作られ、一五三二年にはカロリナ刑事裁判令（ＣＣＣ）がカール五世の下で公布されていることを考え合わせるならば、本日記の伝える刑事裁判の実際は、重要な意味を持っている。

（一九八九年七月）

3　脱獄魔を更生させるもの

＊〔吉村昭『破獄』（岩波書店）〕

刑務所の塀の中の生活は、自由を拘束されている。自由を拘束されればされるほど、自由になりたいという欲求がつのるのは、人間の常である。

極端な話だが、規律に違反しかつ脱獄のおそれがあるとして、独居房でも足錠がはめられ、両手は後ろにまわされて手錠がはめられ、食事のときには手が使えないので前屈みになって食器のなかに口を入れて食べなければならない状態に置かれたとしたら、身体・行動の自由は無いに等しい。このような場合、普通の人であれば、身体的にも精神的にもまいってしまい、規則に服して早く自由になりたいと思うであろう。

しかし、この小説『破獄』の主人公である佐久間清太郎は、逆に脱獄の闘志を燃やし、看守の心理を鋭く見抜いて心理的圧迫を加えながら、脱獄不能と思われる状況下で計画的に準備を進めて脱獄を図るのである。しかも、青森刑務所柳町拘置所、秋田刑務所、網走刑務所、札幌刑務所のそれぞれから計四回も脱獄するのである。

この小説は、脱獄魔といわれた白鳥某の実話を素材にして書かれている。それだけに迫真性がある。

白鳥某は、最終的には、府中刑務所で「容易ならざる特定不良囚」から人間味を取り戻して「模範囚」となり、矯正関係者の努力もあって仮釈放される。最初の準強盗致死の犯行から二八年の歳月が流れ、五四歳の年になって自由の身となったのである。その後七三歳でこの世を去るまで、犯罪に手を染めることなく生き抜いている。それにしても、再社会化を果たすことができたことに感慨深いものがある。

犯罪者を教育・改善して再社会化することは、近代行刑の目的とするところであるが、その実現は生身の人間を対象にしているだけに困難な局面にぶつかることが多い。しかも、受刑者を改善し更生させるためには、「魂の覚醒」がなければならない。自分のこれまでの生き方を直視し、もう二度と犯罪に手を染めることなく生き抜くという堅い決意が生じてこそ、立ち直ることができるのである。

この契機を作るのは、直接受刑者に接する矯正関係者であり、受刑者の親族である。ここには、人間的なドラマが展開される。犯罪者を真に矯正するのは、物理的な施設ではなく、心のふれあいをもつ人間である。受刑者が社会復帰するには、刑務所を出てから、社会のさらに厳しい試練に耐えなければならない。ここでは、魂の覚醒の真価が問われることになるのである。

さらに、この小説の伏線として、昭和一〇年代から戦時中を経て、戦後の混乱した時代の行刑の実態が織り交ぜて描かれている。刑のあり方を深く考えさせるものがある。刑務所の塀の中での生活も、社会の変動と無縁ではない。戦時中には、塀の外と同様に食料不足に悩まされ、空襲の危険に曝される。しかも、国家の存立自体が危ぶまれる中で、なおかつ刑の執行は行わなければならない。まさに、「世界は滅ぶとも正義は行われしめよ。」(Fiat iustitia et pereat mundus.) という格言の重みがひしひしと感じられるのである。

(一九八七年八月)

4　奥義と日本文化の底流

＊〔オイゲン・ヘリゲル述［柴田治三郎訳］『日本の弓術』（岩波文庫）〕

ドイツで生活していると、日本の文化について尋ねられることが度々ある。形の中に潜んでいる心を外国の人に説明することは、骨の折れることだ。ロゴスの世界に生きてきたヨーロッパの人々に、わが国の伝統的文化の根底に流れている不立文字の世界を、どのように説明すればよいのか戸惑ってしまうのである。

生花、茶、書、武術など、日本の伝統的なものは、いずれも技を鍛えることと自己修練の「道」を一体不可分のものとしている。思弁的な意識の世界から心を解き放つことによって、ものの実体に迫ることを自ら体得しなければならない。形とか型は、その契機にすぎない。思弁的には相矛盾するものを、無意識的な動きの中に合一していくという実践が要求される。そこから生まれ出たものには、形として侵しがたい美がある。

ここで取り上げた『日本の弓術』は、ドイツの哲学者オイゲン・ヘリゲル博士によって書かれたものである。ヨーロッパの合理的・論理的思考に慣れ親しんだ著者が、わが国の非合理的・直感的な思考や実践にどのように接近し、体得していったかが描き出されており、興味深い。もっとも、この本は、新刊本ではなく、古典的名著に属する。新カント学派の哲学者であったヘリゲル博士は、大正一三年に東北帝国大学の招聘によって来日し、大学で教鞭をとるかたわら、禅を理解する手立てとして、滞在五年の間、阿波研造師範について弓道を修行した。本書は、昭和一一年にベルリンの独日協会で行われた講演の草稿を訳したものであるが、昭和五七年に岩波文庫から新訳版として出されたものである。本書には、法律学者として著名な小町谷操三博士の「ヘリゲル君と弓」

と題する随想も収められており、興味深い。

ヘリゲル博士が日本で弓道の修行したのは五年間であるが、その間に弓道の奥義を見極め、日本文化の根底に流れているものの考え方を掌握したのは、驚くばかりである。私も合理的・論理的思考の支配する刑法学に身を置きながら、居合の稽古を二十数年続けているので、武道の稽古に際してヘリゲル博士が持った疑問や悩みが手にとるように分かる。しかし、この本に書かれたような精神状態と技量に到達するには、まだ道遠しだし、ドイツの友人に居合の説明をしていて窮すると、「ヘリゲルの本を読んでみて下さい」と逃げてしまう状態である。

なお、本書のほか、稲富・上田訳『弓と禅』(改版・一九八一年、福村出版)、榎本訳『禅の道』(一九九一年、講談社学術文庫)なども一読に値する。

(一九九二年一二月)

III　滞独随想

クリスマス間近のトリーア市内

1　パーティー作法

ドイツに留学していたとき、その生活様式の違いに発想の転換をせまられることが度々あった。パーティーの作法もその一つである。もちろん、パーティーと言ってもいろんな種類のものがあるが、ここではいわゆるホーム・パーティーの部類を念頭において私の経験談を紹介してみようと思う。

1　招く者と招かれる者　まず、招待する者（Gastgeber＝主人）と招待される者（Gast＝客）との関係からして、逆の発想が必要である。私が留学先に着いてまず経験したことは、これからお世話になる人々や同僚を自宅に招待してベグリュースングスパーティー（Begrüßungsparty）を行うことであった。

これは、挨拶の会とも言うべきものである。わが国ではさしずめ歓迎会に当たる。

歓迎会を本人自身が行うというのは、わが国の考え方では首をかしげたくなる。わが国の場合、歓迎会には新しくきた人を仲間社会に迎え入れるという意識が働いている。したがって、新人は歓迎会の主人ではなく客となるのである。これに対して、ドイツの場合には、個人がものごとの出発点となっているため、新人たる本人自らがパーティーを設定し、自分はこんな人間ですのでよろしくという主張をしなければならない。パーティーという単語に用いられる動詞はgebenであるが、まさにパーティーは本人が第三者に与えるものなのである。ここにも個人主義を基本にしたものの考え方が現れているように思う。

ドイツでの生活に慣れると、わが国の考え方とは逆の発想が自然とできるようになる。ものの考え方は、その土地の風土とか環境とかに影響されながら形成されるのかもしれない。約二年間の留学を終えて帰国する際に、親しくしていた大学の同僚やお世話になった秘書の方などをアプシードゥスパーティー(Abschiedsparty)に招いた。その時には去りゆく私自身が送別会の主人となったことに何の違和感もなかった。むしろ、Gastgeberとしてお世話になった感謝の念を率直に出すことができた。

2 大人の時間

パーティーの時間は、夜八時か八時半ごろに始まり、一時か二時ごろまで続く場合が多い。これは、八時までには子供をベッドに寝かせつけるのが通常であり、それから後は大人の時間だという暗黙の了解があるからである。この点、子供に対する躾が実にしっかりできている。子供に対しては、小さい頃から自我の意識を持つように教育がなされている。それでも、三、四歳の子供を家において夫婦でパーティーに出かけることは、なにかと心配である。そのため、多くの場合は、ベビーシッターを頼んで出かけている。ベビーシッターといっても子供は自分の部屋で静かに寝ているわけで、留守番がおもな仕事と言ってよいくらいである。わが国では、子供を家においてパーティーに出かける場合、親にも躊躇があり子供も後追いをすることが多い。これに比べるとドイツの場合は対照的である。

3　花を手に

パーティーに出かける場合、招待された者は花を持って行くのが常である。切り花でも鉢植えの花でもよい。ともかく花なしでは、招待主の奥方に対して挨拶に窮してしまうばかりでなく、労のねぎらいようがないのである。パーティーに招待された日は、大学の研究室での仕事を早めに切り上げ、マルクト・プラッツの花屋に寄って花を買い求めて帰宅するのが私の役目だった。それまでは、花の名前に無関心だったのが、花屋に通うごとに花の名前を習っては、もごもご言いながら単語をおぼえたのが懐かしい。花の名前もおぼえはじめると楽しいものである。

モーゼルのワイン畑（Trittenheim）

4　ワイン

パーティーでは、ワインが欠かせない。ワインを片手に議論をしたり、世間話をしたりする。私は、留学中、ワインはいくら飲んでもよいが酔っぱらってはならないという特訓を受けた。パーティーで酔いつぶれたとか、酔いがまわって他人に迷惑をかけたとかいうことは、わが国では酒の上のこととして許されることもあるけれど、ドイツで私が経験した限りでは許されないことである。酒にそれほど強くない私は、どうしたらよいものかと最初はとまどった。しかし、それも最初のうちだけで、炭酸の入ったミネラルウォーターであるシュプルーデル（Sprudel）を途中で飲むことをおぼえてからは、その不安もなくなった。もちろん、徐々にワインに強くなったことも事実である。

パーティーでワインをつぐとき、女性はついで回ってはならないということも、一つのルールであろう。わが国だと招待主の奥方が客に対して酒をすすめ、お酌をすることは、むしろ好意的なことだと思われるが、ドイツではこれは男性の役目なのである。パーティーの主人は、招待した人々に対して酌夫ともならなければならないのである。

このように、表面的に見れば発想の転換をしいられる面が多々ある。しかし、人間の機微においては、あい通じる点もある。パーティーに招待されたら、後日お返しのパーティーに招待するというような慣行は、私達にも理解のできるものである。さらに、非常に親しい間柄になると、形式ばらなくなる点でも似たものがある。要は心と心のふれ合いが大切なのである。

（一九八四年四月）

2　ファッケルツーク

1　トリーア（Trier）は、西ドイツの西南部にあり、人口一〇万の静かな古都である。ライン川とモーゼル川の合流点であるコブレンツのドイッチェス・エック（Deutsches Eck）からモーゼル川を上流に向けてワイン畑を左右に見ながら船でさかのぼると、約一九五キロメートルの地点にある。ルクセンブルクとの国境には、自動車で一五分も走ると着いてしまうし、モーゼル川をそのまま上流にさかのぼればフランスに間もなく入ってしまう。外国語としては、英語よりもフランス語の方が通じる。

トリーアは、モーゼル・ワインの本場として有名なだけでなく、ローマ時代の遺跡が現存していることでも有名である。ローマ時代には、トリーアはローマの北の砦であった。ポルタ・ニグラ（Porta Nigra 黒い門）やカイザーテルメン（Kaiserthermen 大浴場）などは、ローマ時代の往時をしのばせる建築物である。中世においても、ケルン、マインツとともに、三大司教区の一つとして勢力を持った町であった。

この地に旧トリーア大学が創立されたのは、一四〇〇年代である（一四七三年三月一六日に開校された。学部は、神学、哲学、法学、医学の四学部からなっていた）。その後、フランス革命の余波を受けて一七九八年には、ナポレオンによって旧トリーア大学は取り壊され、リンテルン大学などとともに学問の府としての灯を消してしまう。大学町としての由緒あるこの地に、トリーア大学が新設され、再出発したのは十数年前のことである。

2　この新設されてまもないトリーア大学を留学先に選んだのは、法益論を研究していたアメルンク教授（Kunt Amelung）がいたからであるが、トリーア大学での約一年六カ月の研究生活は、実に楽しく得るところが多かった。法学部の第一号の客員教授として迎えられ、研究室も用意されていた。法学部の教授数は、私が行った当初は一一名だったが、帰国時は一三名に増えた。刑法の関係では、アメルンク教授とクライ教授（Volker Krey）とが担当していたが、一九八一年冬学期からは、さらにキューネ教授（Hans Heiner Kühne）が加わり三名となった。

法学部の教授の総数が少なかったこともあり、刑法の研究者だけでなく、他の分野の研究者とも親しくなれたのは幸いだった。昼食後、大学のまわりの森を散歩しながら、比較法や法学方法論の話をしたり、パーティーに招待されてワインの特訓をうけたりしたことが、今ではよい思い出となっている。また、そういう機会に得た研究上のヒントやものの考え方は、貴重な研究上の財産となっている。大学での出来事で特に思い出されるのは、ファッケルツーク(Fackelzug) である。

3　ドイツでの生活も夏、冬、春、夏とひととおり経験した一九八一年九月二八日のことであった。一〇月一日から冬学期が始まるので、ゼミナールの資料に目を通していたら、アメルンク教授の秘書が自宅に電話をかけてきた。今夜、アメルンク教授がトリーア大学にとどまるよう、学生や教職員の有志でファッケルツークをするから、ハイリッヒクロイツ (Heiligkreuz) の教会の前の広場に来てくれないか、というものである。ファッケルツークと聞いたとき、いったい何の行列なのか、またどういう意味を持っているのか分からなかった。尋ねてみると、「松明行列」のことで、この松明行列が起きたということは、研究者にとっては大変名誉なことだそうだ。

西ドイツの場合、わが国の場合と比べると大学教授の移動が多い。研究業績が上がるとともに大学の勤務先も移動し、法学者の場合は、ミュンヘン大学がその終着駅になるというような話も聞いたことがある。教授資格論文を提出した後、私講師（Privtdozent）を経てある大学に教授として招聘され、そのまま一つの大学にとどまるケースは、稀にしかない。助手の経歴からすると、どの教授も二、三の大学を経てきている場合が多い。優秀な教授が移動をすると、学生も一緒に移動するとも聞いたことがあったが、現在の法学教育システムの下では、学生が学期ごとに大学を変えることは困難である。また、大学を州（Land）が運営している以上、ラント意識が働き、優秀な学生と優秀な教授の確保に目が向くのも自然の流れだとも思える。

ファッケルツークは、優秀な研究者として学生に大変人気のあった教授が他の大学に移動しようとしたとき、学生が中心となってその教授が自分達の大学にとどまるよう願いをこめ、手に手に松明を持って行列したのがいつしか一つの行動様式として定着したのだそうだ。そうして、ファッケルツークがあったということは、多くの学生からの信望があり、研究者としても優秀であることの一つの証であるため、まさに研究者にとっては名誉なことに相違ない。

ハイリッヒクロイツに定められた時間に家内も一緒に行ってみると、すでに多くの学生が集まっていた。国際私法のホフマン教授（Bernd v. Hoffmann）や民法のマールブルガー教授（Peter Marburger）夫妻もすでに集まっていた。アメルンク教授の助手の一人が行列のときに歌う曲の指導をしていた。彼は、聖歌隊の一員であり声もよい。彼は「ビーレフェルトはこの世の果て！」という曲を作詞・作曲してきて、集まった学生に練習させている。本来なら名称のごとく松明を手にして行列すべきであろうが、松明の代用として聖火ランナーが走るときに使うものが用意され、くばられていた。数人の学生は火の始末のためにバケツに水を入れてぶらさげている。

アメルンク教授は、ビーレフェルト大学の法学部教授の選考リストに第一位でノミネートされており、彼が承諾すれば一九八二年の春からビーレフェルト大学に移動する可能性があった。アメルンク教授にビーレフェルト行きを思いとどまってもらおうというのが、今回のファッケルツークの目的であった。アメルンク教授の講義やゼミナールは、学生に大変人気があったし、私自身、彼の講義を聴いてみて良い講義だと日頃感心していた。学生がビーレフェルトに行ってほしくないと考えるのもうなずけた。アメルンク教授とは親しい間柄なので、彼がトリーアに愛着を持っており決断に迷っていることも知っていた。ファッケルツークは、人のよいアメルンク教授にふさわしく、学生だけでなく大学の多くの関係者までもが参加しており、アメルンク教授もきっと感激するだろうと思った。

間もなく夜道を照らすファッケルツークが始まり、行列はアメルンク教授の自宅前まで歌声とともに進んだ。自宅前で学生の代表がトリーアにとどまってほしい旨の声明文を朗読し、アメルンク教授に手渡した。さらに、もう一人の学生が進み出てもみじの木を手渡した。木を贈るのは、この地トリーアに根をはって下さいという意味なのだと、そばにいた秘書のフランクさんが教えてくれた。もみじの木を受け取ったアメルンク教授は、感謝の言葉とともに現状を説明し、自宅の庭に参加者を請じ入れた。ビールとソーセージとでパーティーとあいなった。寒がりの私は、一〇時すぎには庭のパーティーをひきあげてしまった。翌朝、研究室にアメルンク教授が来て、「午前二時までだ

トリーアの旧市庁舎（Steipe）

ったですよ。でもうれしかったですね。」と感想をきかせてくれた。その後、アメルンク教授は、トリーア大学にとどまることを決意し、ビーレフェルト大学からの招聘をことわってしまった。

4　ファッケルツークには、私の失敗談もある。ファッケルツークの翌日、ホフマン教授が研究室に訪ねてきて、昨夜の写真のフィルムを貸してくれないかという。私は家を出るときカメラを持って出て、行列やパーティーのスナップ写真を撮っていた。ホフマン教授は、地方新聞（Trierische Volksfreund）の記者から取材をうけて、写真をさがしていたのである。もちろん私に異論があろうはずはなく「どうぞ使って下さい。」と返事をした。五分後に彼は再び訪ねて来て、「写真のフィルムは、カラーですか。」と尋ねるので、「もちろんです。」と答えると、「残念だ。白黒フィルムでないと明日の新聞に載せるには現像がまにあわないのだそうだ。残念だ。」とくやしがった。

ドイツでは、写真のフィルムの現像を写真店にたのむと、一週間かかる。日本のように一日で出来上がってくるのとは事情がちがうから、新聞社でもカラーの現像には時間がかかるのだろうと思い、「残念だなあ。」とホフマン教授にも答えてしまった。アメルンク教授にも記念になる写真を撮ったから楽しみにしていてくださいと、前宣伝をしたのはよかったのだが、それから一〇日後、写真が出来上がってきて、「ほんとうにカラーでよかった。」と冷や汗をかくはめになった。

私のカメラではフラッシュを使うときには、X接点に切り換えてシャッターを切らなければならないのを、うっかり忘れていたため、出来上がってきた写真はすべて真っ黒だったのである。もし、白黒フィルムを使っていたら、新聞社に持って行って現像したものの、全く役に立たないはめになっていた。しかし、新聞社には恥をかかずにすんだものの、アメルンク教授との約束は反故にする結果になってしまった。写真がうまく撮れていれば、なによりの記念になったものを。今はただ、ペンをもってその場の光景を再現するしかない。

（一九八三年一〇月）

3　イェーナのフォイエルバッハ

1　ドイツに来て（一九九一年八月）はや二カ月が過ぎました。トリーア大学では、旧知の人も多く快適な研究生活を送っています。一〇月三日は、ドイツ統一記念日としての初めての休日でしたが、静かな祝日でした。統一後、もろもろの税金が上がったり、外国人を排斥する動きが起きたり、解決すべき問題が山積みなだけに、統一記念日をお祭り騒ぎで迎えることはお門違いということでしょうか。

東側では、由緒ある建物や記念碑などが修復・復元されつつあり、電話がつながりにくく電話回線がパンクの状態にあることから、ケーブルを大きなものに引き直す作業が進行中ですし、でこぼこ道として有名だった東側のアウトバーンも舗装の修復が行われています。東側を旅行するには、ホテルが予約しにくく、まだまだ個人的な観光旅行には困難が伴います。そんな中、九月下旬に、イェーナ大学に行ってきました。

2　旧東ドイツ（DDR）では、Jena, Halle, Leipzig, Ost-Berlin の四つの大学に法学部が置かれていましたが、イェーナ大学は検察官育成のためのものでした。統一後、西側の法学教育システムに移行することになり、教授も新たに任命し直されています。DDRの時代に法学部教授であった人の多くは大学から離れ、弁護士の職についていると聞いています。価値観の転換があったのですから、統一後も同様に教鞭を執ることは、それまでの価値体系をすべて否定しなければならず、やはり困難だろうと思います。
現在、西側の多くの教授が非常勤で集中講義に出かけ、過渡的な手当をしています。トリーア大学のアメルンク（K. Amelung）教授もその一人で、二週間ほど刑法ユーブングの集中講義をするというので、私も同行させてもらいました。

3

私の目的の一つは、近代刑法学の父と言われるフォイエルバッハ（Paul Johann Anselm Feuerbach）のゆかりの地イェーナを訪れることにありました。イェーナ大学は、一五五八年にフリードリッヒ（Johann Friedrich）選帝侯によって創立された古い大学ですが、現在の大学校舎は二六階建の円形のビルで、街並みの中に突出してそびえています。旧校舎の方は伝統を感じさせるものがあり、ゲーテ通りの敷地内には大学に関係した著名な教授達の像が建てられています。

フォイエルバッハの像

イェーナ大学で学位論文を書いたマルクスの像があるのは旧体制下では当然なことでしょうが、そのほかにこの大学で哲学と法学の学位を取得したフォイエルバッハの像も建てられていました。統一前に自由主義刑法理論を唱えたフォイエルバッハの像を建てることは、勇気のいることだったと思います。ちなみに、この像は、フォイエルバッハ生誕二〇〇年を契機として計画され、一九八三年に建つたそうです。

4　さらに、今回、フォイエルバッハが生まれたハイニッヘン(Hainichen)という小さな村も訪れることができました。アメルンク教授が夕方、突然、イエーナの近郊にフォイエルバッハが生まれた村があるから行ってみようというので、車のガソリンが底をつきかけ途中で止まってしまう危険があったのですが、どうにかなるさと出かけました。道を尋ねながらハイニッヘンに着いたときには、すっかり暗くなっていました。

ここには、一九八三年に建てられたフォイエルバッハの石碑がありました。「P. J. A. Feuerbach／一七七五年一一月一四日ハイニッヘン生まれ、一八三三年五月二九日フランクフルトに死す／人道主義者、法学者、法律起草者ならびに裁判官」と記されていました。フォイエルバッハは、当時イェーナ大学の法学部学生であったJohann Anselm Feuerbach（二〇歳）とイエーナの市参与侯爵の娘（二四歳）との間に婚姻前の子としてこの世に生をうけ、激しい気性で一生を送ったことを考えると、このハイニッヘンは静寂そのものでした。ここには、今もフォイエルバッハの生まれた家があり、もちろん建て替えられてはいましたが、子孫に当たる方が住まわれていました。

（一九九一年一二月）

4 ハレ大学雑感

1 ハレとの国際交流までの経緯

ハレ（Halle）の町を初めて訪れたのは、一九九五年二月一日であった。ハレは、ザクセン＝アンハルト州に属し、人口約三〇万人の大学町である。一般には、音楽家ヘンデル（Händel）の生まれた町として有名であるが、私の心象風景としては、むしろ自然法学者クリスティアン・トマジウス（Christian Thomasius）や刑法学者フランツ・フォン・リスト（Franz von Liszt）のゆかりの町としてのインパクトの方が強い。

この町を訪れたのは、この町にあるマルティン・ルター大学ハレ＝ヴィッテンベルク（通称ハレ大学）と専修大学との大学間交流の可能性を探るためであった。私は、そのころ二月初旬からドイツに滞在していたので、恩師のアメルンク教授（ドレスデン大学）や友人のギュンター教授（テュービンゲン大学）などからハレ大学の状況を聴き、多方面からの協力を得ることができそうなので、大学間の交流協定ができる可能性は高いと思っていた。

ドイツの場合、学部間の提携は比較的容易であるが、大学間の提携となると、三学部以上の合意がないと実現することができない。これまで専修大学が締結してきた交流協定の形式は、大学間協定であり、ドイツの場合も同様に大学間協定の実現が望まれていた。最初この話を聞いたときは、無理難題と思ったが、ともかくその可能性をドイツで模索するしかなく、国際交流センター長の川田秀雄教授それに余村樹男国際交流部長の三人でドイツの大学を視察して廻った結果、いろんな意味で条件の整ったハレ大学がドイツの交流協定先としては第一の候補だと思った。

ハレを最初に訪れたとき、まず印象として残ったのは、暖房の燃料である泥炭の独特の臭いと路面電車の窓から見る町並みの荒廃であった。しかし、ヘンデルの像が立つマルクトは賑わいを見せ、行き交う人々は朴訥でたくましく、表情も爽やかであった。ドイツ統一がなされた後、一九九一年九月には、旧東ドイツ側を見て廻ったが、そのときの印象に比べると、マルクトの露店には食べ物や日常雑貨が豊かに並び、人々の表情も明るかった。一九九一年には、アイゼナッハ、イェーナ、ワイマール、ライプチッヒ、ドレスデンなどを訪れたが、どこもかしこも荒廃した建物を修復するために槌音が響いていた。ホテルの数は少なく、予約も困難であり、電話が通じにくかった。マルクトや駅の売

ハレのマルクト（エッチング）

店は、品物が少なくひっそりとしていた。西側と東側の経済落差は大きく、同じ一マルクでも東側では実質四倍の価値があるように思えた。

　ベルリンの壁が崩壊した後の状況を見ていると、ドイツ再統一は、ドイツの国際的な経済力を低下させても、共に生きる生活空間を取り戻し、荒廃した文化的・歴史的遺産をわが手で回復するという悲願にほかならないように思えるのである。

　ドイツ統一後、新しい連邦州の再建には、西側の州が東側の州と姉妹都市の関係を結び支援がなされた。大学の再建については、たとえば法学部の場合、法曹教育システムとして西側の伝統的な法曹教育システムが採られることになったため、旧東側の法学部の教授はほぼ全員が解雇された。そのため、西側から学部設立のための学部長が送り込まれたり、集中講義に教授が派遣されたりして、新たな法学部の再建がなされた。ハレ大学法学部の場合は、とくにゲッティンゲン大学法学部の支援があった。ハレ大学を訪れてまず感じたことは、三〇〇年を超える伝統をもつ大学を再建しようとするスタッフの意気込みと情熱であった（一九九四年には創立三〇〇周年記念事業が行われた）。

最初の下準備から九カ月後、ハレ大学との交流協定は、日本学科のゲジーネ・フォルヤンティ＝ヨスト（Gesine Foljanty-Jost）教授や法学部のハンス・リーリエ（Hans Lilie）教授などの熱意ある尽力に支えられ実現するに至った。調印式は、一九九五年一一月一五日にハレ大学本部で行われた。専修大学側からは、望月清司学長、川田秀雄国際交流センター長、田中実課長、松木健一課長それに私が出席し、ハレ大学側からは、グンナー・ベルク（Gunnar Berg）

学長、エドゥムーテ・フィッケンチャー（Edmuthe Fikentscher）副学長、ラインハルト・クレッケル（Reinhard Kreckel）副学長ほか全学部長が出席した。このときのハレの滞在は短期間であったが、町並みの修復が急速に進んでいるのが印象的であった。冬到来をものともせず、マルクトには活気が溢れていた。

2　ハレから日本法を考える

一九九七年六月には、ハレ大学の招聘を受け、ハレを三度訪れた。約五週間ハレに滞在し、ハレ大学の法学部と日本学科で集中講義をした。一ゼメスター分の講義を集中的に行わなければならなかったため、ハードな毎日だった。ハードなスケジュールになった原因は、すべて私にあった。五月には、日本刑法学会が専修大学で開催されたためその準備におわれ、七月下旬には、司法試験の採点のため帰国しなければならないというスケジュールのなかで、五週間を割くのが精一杯であった。

平日は、夕方のビールの一杯を楽しみに、講義の準備と研究に精を出したが、週末は、リーリエ教授や法学部長秘書のシューベルト博士（Dr. Schuberd）の心温まるお世話を受け、ハレの近郊に足を延ばし名所旧跡を訪ねたり、ザーレ・ワインを楽しんだり、久々にドイツの研究生活のスタイルに戻ることができた。ドイツにいると、ゆったりした時間の流れのなかで物事を深く考え抜こうとする余裕が出てくる。これは、トリーアに留学中、モーゼルの流れを眺めながら思索に耽った研究生括の習癖なのだろうか。

法学部での講義テーマは「Einführung in das japanische Recht mit dem Schwerpunkt Strafrecht」であり、日本学科での講義テーマは「Einführung in das Rechtswesen Japans」であった。日本法とは何か。日本刑法の特質は何か。これまであまり考えてみなかった課題だけに、講義の概要を書き出す作業さえ試行錯誤であったが、自国の外にいて日本を眺めるとまた違った捉え方ができると思い、ハレにおいて講義の準備をした。ドイツにおいて、「外国法としての日本法」という視点から日本法の特質を考えることができたのは、よい経験であった。

それにしても、日本の固有概念をドイツ語に置き換えることは難しいことである。リーリエ教授の研究室のスタッフの助力なしには、ドイツ語での講義要項は出来上がらなかったであろう。とくに、ルドルフィ (Bernd Rudolph) 助手およびアルブレヒト (Dietlinde Albrecht) 助手の助力には感謝しなければならない。さらにまた、講義を毎回聴いて、議論の相手になってくれたレンツィコフスキー (Joachim Renzikowski) 講師 (ギュンター教授の弟子。現在、ハレ大学法学部の刑法の正教授) の助言なくしては講義案をまとめ切れなかったであろう。短い滞在期間ではあったが、法学部長であった刑事学のレスナー (Dieter Rössner) 教授をはじめとして、刑事法関係のスタッフと心温まる交流ができたことは、なによりも嬉しいことであった。

3　リストハウス

ハレ大学に滞在中、私の研究室は、刑事法のスタッフの研究室があるリストハウスに用意されていた。これは、リーリエ教授の好意によるものであった。

リストハウスの表示板

刑法の研究者としては、あの偉大な刑法学者リストが使っていた研究室の一角で研究に従事し、しかもリストも講義を行った一八三六年建立の由緒あるライオン棟（Löwengebäude）の教室で講義をすることができることは、光栄なことであるとともに身の引き締まる思いだった。

リストは、ギーセン大学からマールブルク大学（一八八二年から一八八九年まで）に移り、その後、ハレ大学に一八八九年から一八九九年の間在職した。最終地点のベルリン大学の在職期間は、一八九九年から一九一七年までである。ハレ大学在職中の一〇年間は、リストにとって新派の刑法理論を強固なものにするのに重要な時間であったであろう。

リストの研究室があった建物が、第二次世界大戦の戦火をくぐり抜け、戦後の政治体制の変動に耐え、リストハウスとして今日まで残されていることは、刑法の研究者にとって誠に感慨深いものがある。まもなく法学部の校舎(Juridicum) がライオン棟の前に完成するが、由緒あるリストハウスは、刑事法スタッフの研究の本拠地としてそのまま残されることになっている。

4　ハレ大学の歴史を垣間見る

ハレ大学の歴史からすると、リストハウスの話題は、比較的近年の出来事に属する。ハレ大学の歴史を繙くと、それは一つの歴史物語でもある。それは、一五〇二年にヴィッテンベルクに設立されたロイコレア (Leucorea) にまで遡る。まず、ザクセンのフリードリッヒ賢侯（一四八六―一五二五）によって一五〇二年一〇月一八日に創立されたアルマ・マータ・ヴィテベルゲニス（Alma mater Vitebergenis＝ヴィッテンベルク学舎）がルーツであり、これがヴィッテンベルク大学の母体となったものである。

当初は、ラントのカソリック大学として設立されたが、一六世紀には、マルティン・ルターをはじめとする著名な宗教改革者の活動拠点となった。一六九四年七月一二日にはハレに、ブランデンベルク選帝侯であり後にプロイセン王となったフリードリッヒⅢ世（一六八八―一七一三）によってアルマ・マータ・ハレンジイス（Alma mater Halensis＝ハレ学舎）が創立され、これがハレ大学の母体となった。

このハレ大学は、ブランデンベルク選帝侯国の大学として設立されたものであり、フリーデリイキアーナ（Fridericiana）とも呼ばれるが、クリスティアン・トマジウスをはじめとして啓蒙主義思想家の活動拠点として注目される大

ライオン棟（1836年建設）

学となるのである。しかしながら、ナポレオンの支配が及ぶにいたって、一八一三年にヴィッテンベルク大学が閉じられ、その後間もなくしてハレ大学も活動停止を余儀なくされる（このとき、ナポレオンによって取り壊された大学は多い。トリーア大学、リンテルン大学などもそうである）。

ウィーン会議の結果、一八一五年に、旧ザクセン選帝侯国領ヴィッテンベルクは、プロイセンに属した。そこで、一八一七年には、ヴィッテンベルク大学とハレ大学とが統合され、ハレ＝ヴィッテンベルク大学として再構成された新たな大学としてのスタートラインに立った。一九世紀の後半においては、とくに自然科学や医学の分野において著しい躍進をみせた。

一九三三年にはナチスが政権を掌握し、大学の統制がなされるようになったことから、政治的に批判的な研究者が大学から追放されるようになった。一九三三年一一月一〇日には、マルティン・ルター生誕四五〇年を契機として、大学の名称を現在のマルティン・ルター大学ハレ＝ヴィッテンベルクに改名されたが、これは、ナチスの目的のために大学の名前を濫用しようとするナチ地域機関の意図を阻止しようとするものであった。

第二次世界大戦後は、当初、大学も占領軍の支配下に置かれたが、一九四六年二月には講義が再開された。その後、ＤＤＲが成立するにおよんで、大学も社会主義的な大学政策のもとに組み込まれた。

一九八九年の秋には、ドイツ民主共和国の政治的変化に伴い、マルティン・

ルター大学でも民主的な変革が始まった。同年一一月九日にはベルリンの壁が崩壊し、ＤＤＲが終焉することにより、新たな大学改革へのプロセスがはじまったのである。一九九〇年四月には、半世紀ぶりに学長および副学長が自由な選挙によって選出され、新たな大学構想を目ざした努力がなされて今日に至っているのである。

（一九九九年二月）

5　ローテンブルク中世犯罪博物館
――ドイツ中世刑事裁判・行刑の実際――

1　中世都市の光と影

⑴　石造りの建物は、風雪に耐えて、その古い時代の歴史を今に伝えている。

ドイツの市庁舎の地下には、中世の拷問部屋が未だに残されていることが多い。カロリナ刑法典(1)のゆかりの地であるレーゲンスブルクの旧市庁舎(今は帝国議会博物館の一部として一般に公開されている)の地下にも、拷問部屋ならびに地下牢がそのまま残されている。

その薄暗い雰囲気の中に佇んでいると、拷問道具やまわりの石壁にしみついた中世の人々の血の匂いを感じずにはいられない。デューラー(Albrecht Dürer)やリヤ(Rembrand von Rija)などの木版画や銅版画に描き出されている刑事裁判・行刑が現実味をおびて思い起こされるのである。テングラー(Urich Tengler)やミラエウス(Johannes Millaeus)などの著書(2)が物語る中世の刑事裁判の実際は、そう遠い昔の出来事ではないという気がしてくる。

しかし、この薄暗い雰囲気の中からは、中世ヨーロッパの刑事裁判・行刑の断片をかいま見ることができるだけである。そのより具体的な展望を得ようとするならば、ローテンブルクの中世犯罪博物館(Mittelalterliches Kriminalmuseum）にまで足を延ばす必要がある。

⑵　ローテンブルク（Rothenburg ob der Tauber）は、町全体が中世のたたずまいを残している美しい町である。町の周りをとり囲んでいる城壁は、一三世紀の建造物であるが、戦災にあいながらも立派に修復され中世都市の雰囲気を今に伝えている。ローテンブルクは、ヴュルツブルクから南の国境の町であるフュッセンに至るロマンス街道に位置している。

春から夏にかけては、その中世のたたずまいの美しさに魅せられた観光客が狭い石畳の路上にひしめきあい、そのにぎわいは都会の雑踏を思わせる。それでも早朝や黄昏時に、教会の鐘の音を聞きながら石畳の路地を歩いていると、中世のパン屋や鍛冶屋のマイスターが現れて「グリュス・ゴット！」（Grüß Gott !）と声をかけてきそうな雰囲気をかもし出す。この町が本来の中世のたたずまいに戻るのは、雪にとざされる冬の季節である。

このローテンブルクに西ドイツでは唯一と言われる中世犯罪博物館が設けら

れたのは、一九七七年のことであった。ローテンブルクには、その明るく美しいたたずまいの中にも重苦しい名前の付いた場所が散見される。たとえば、城壁にそって歩くと処刑の塔、絞首刑執行人の塔、絞首刑台の塔というような名称が目に入ってくる。ヤコブ教会から白い塔をくぐりぬけ、絞首刑台の塔に至る道筋を絞首刑台通りと呼んでいる。これは、城外に立てられた絞首刑台への通路だったことを意味

冬のローテンブルク

している。何人の死刑囚がこの道筋を歩いてあの世に行ったことだろうか。

ゴシック様式とルネサンス様式とからなる市庁舎の二階のテラスには、正義の女神の像がマルクト・プラッツを見下ろしているし、皇帝の間には法廷の仕切柵が残存し、その地下にはレーゲンスブルクほどの規模ではないが、拷問部屋と三つの地下牢が残されている。この地下牢では、一四〇七年に起きたローテンブルクとニュルンベルク・ヴュルツブルク司教区との戦争の結果、一四〇八年にローテンブルク市長のトップラー（Heinrich Toppler）が捕虜の身となり、二カ月の幽閉の末、非業の死を遂げたと言われている。このように、いわば中世の光と影の両面を兼ね備えているローテンブルクの地に、中世犯罪博物館が設置されたのは当然だったかもしれない。

2 中世犯罪博物館が物語るもの

(1) 中世犯罪博物館の建物は、隣のヨハネ教会と共に一三九三年に建てられたものである。古くはヨハネ騎士修道会の騎士団員が住んでいたところで、中世犯罪博物館として使用される以前は、バイエルン州地方庁舎であった。中世犯罪博物館は、一二世紀から一九世紀までの、ドイツを中心とした法と刑罰および生活様式について広範囲な展望を与えることを目的として創設されたもので、地下展示室および地上三階の展示室を持っている。

(2) 地下展示室には、拷問道具および刑の執行道具のコレクションが展示されている。拷問は、ドイツにおいても、職権審問制度の導入以後一八〇〇年代に廃止されるまで、自白を導くための有力な公的手段であった。拷問道具の種類も多く、ここでは、足や指を締めつける拷問道具、魔女に対する拷問道具であった「魔女の椅子」あるいは「刺の椅子」と呼ばれる刺だらけの椅子、身体をつるし上げて拷問を行った捲上機などが展示されている。

刑の執行道具としては、斬首に用いられた斧、斬首する際に首をあてがうのに使われたくぼみのある斬首台、公衆の面前で処刑刀をもって斬首する場合に、死刑囚を高い台の上に引き出し座らせて後ろから首をはねるのに用いた処刑用椅子、死刑囚を地面にあおむけに寝かせその四肢を車輪で破砕する際に使用された刑車などが展示されている。ここに展示されている刑車には、その一部に鉄の刃がとりつけてある。車裂きの刑は、死刑の中でも特に激痛を伴うものとされ、重罪を犯した者や国事犯に適用された。刑車によって死刑囚の四肢が破砕された後は、その屍を刑車にくくりつけ、刑車を地面に立ててさらしたのである。この風景は、刑の執行場面を描いた木版画や銅版画によく見出すことができる。

(3) 順路に従って二階展示室に入ると、証書、法典、名誉刑に関する資料が展示してある。証書は、中世の生活様式を知る上で重要なものであるが、ここでは、出生証明書、婚姻証明書、徒弟修業証書、一三五六年にカールⅣ世の発した黄金文書などがある。これらの証書には、当時、法的行為を確証する一様式であったジーゲル(印章)がぶら下げてある。

マネスの手書本[3]は、その絵画の美しさもさることながら、中世の騎士の生活を知る上で貴重なものである。また、ザクセンシュピーゲル[4]の複写も展示してあり、これを見るとなぜシュピーゲル（鏡）と言われたかがよくわかる。ザクセンシュピーゲルは、ほぼ一二二二年から一二三五年にかけてレプゴウ（Eike von Repgow）がザクセン地方の共通法を収集して記録した私的なものであったが、その後、法的効力を持つに至り、中世の重要な法典の一つとなったものである。この法典は、それまでの法典とは異なりラテン語ではなくてドイツ語の散文形式で書かれており、しかもページの右半分に文書が記され、左半分にその内容を示す絵が描かれている。

ルター（Martin Luther）がそれまでラテン語で書かれていた聖書をドイツ語に翻訳したこと、またデューラーが「ヨハネ黙示録」、「大受難」、「マリアの生涯」などの木版画の作品[5]によって聖書の内容を文字の読めない人々にも理解できるようにしたことは、歴史に残る大きな出来事であった。このことを考えるならば、すでに一三世紀において、市民の生活規範である法典が、一般の人々に容易に理解できるようにドイツ語と絵とで示されていたことは驚くべきことである。まさに法典の中に示された絵は、ザクセンの社会生活の規範を集めて映した鏡（シュピーゲル）だったのである。

その他、教会法典を手書きにしたもの、魔女裁判に関する書物などが展示されている。とくに、魔女裁判に反対したシュペー（Friedrich von Spee）の著書『カウチオ・クリミナリス』とリッター（Joachim Friedrich Ritter）によるドイツ語版（初版一九三九年）は見のがせない。

(4) シュペーは、イエズス会の神学者であった。彼は、トマジウス(Christian Thomasius)[7] とならんで絶対主義刑法の下で魔女裁判と闘った人として著名である。シュペーは、一五九一年にカイザーヴェアト（Kaiserwerth）で生まれた。一九歳のとき（一六一〇年）トリーアのイエズス会の修練士となり、一六一五年にはヴュルツブルク大学で修士号を取得している。

その後、一六二三年から一六二六年までパダボーン大学の教授として哲学を講じ、一六二八年にはケルンのトリコロナトゥム・ギムナジゥム（Gymnasium Tricoronatum）の哲学の教授を奉じ、一六二九年にはパダボーン大学神学部で道徳神学の教授になっている。ところが一六三一年一月には、突然その地位を奪われている。この年の四月にシュペーの『カウチオ・クリミナリス』は世に出るのである。この著書は当時の迫害を危惧して匿名で出版され、

シュペー

ただ「無名の正統派の神学者」(Actore Incerto Theologo Orthodo)とだけ記されていた。

ゾルダン＝ヘッペ(Soldan=Heppe)は、シュペーがこの本を書くに至った背景として、次のような指摘をしている。[8] シュペーは、パダボーンにおいて、プロテスタントに傾きかけた多くの貴族をカソリック教会に引き戻すことに大きな成功を収めた。同じ成果を期待した教団は、一六二七年に、シュペーをバンベルクおよびヴュルツブルクに派遣した。その地において、シュペーは、死刑判決を受けた魔女たちの聴罪師として活動した。そのことがシュペーをして、魔女裁判を深く考えせしめる誘因になったのではないかというのである。

ただ、この一六二七年は、リッターの指摘するところによると、ケルンのトリコロナトゥム・ギムナジゥムの教授に任命された年だとされており、[9] 一方、ヴァイダー(Heribert Waider)によれば、一六二八年がトリコロナトゥム・ギムナジゥムに任命された年とされ、一六二七年は空白のままである。[10]

一六三二年には、トリーアに道徳神学の教授として転任している。シュペーは、旧トリーア大学[11]神学部の教授であったことをトリーア大学法学部のアメルンク（Knut Amelung）教授やホフマン（Bernd von Hoffmann）教授などから聴いているが、それは一六三二年から一六三五年にその一生を終わるまでの間であったと思われる。シュペーの墓石は、現在、トリーア市内のイエズス教会にある。

(5)　名誉刑に用いられた刑具は、数多く展示されている。他の階の展示室にも散見されるが、その種類としては、首バイオリン、二重の首バイオリン、恥辱のマスク、鈴つきの恥辱のマスク、恥辱の笛、藁の冠、愚者の家、鉄面の処女などである。

首バイオリンは、バイオリンの形をした刑具で、バイオリンの胴に当たる部分の穴に首をはめこみ、同時に両手をその前の穴にはさみこんで、さらし台に立たせ公衆の面前にさらす刑である。所業の悪い女性に適用された名誉刑の一つである。

　二重の首バイオリンは、しょっちゅう争いごとを起こす婦人達に対して用いられた名誉刑で、二人を向い合わせにして首バイオリンをかけ、仲良くするという約束をするまでさらし台の上に立たせてさらしたのである。

　恥辱のマスクは、男性用と女性用とがある。男性用のものは、鼻が大きかったり長かったりするのが特徴であり、女性用のものは、大きな耳と長い舌がついているのが特徴である。恥辱のマスクは、他人の悪評や中傷をした場合に科される名誉刑で、鼻が大きいのは他人のことによく首（鼻）を突っこむこと、大きい耳は余計なことに聞き耳を立てること、長い舌は吹聴を象徴している。鈴つきのものは、さらし台に立たされたとき身動きするたびに音をたて、人々の注目をあつめる役目を果たすものである。

　藁の冠は、結婚以前に男性と性的関係を持った女性に科せられた名誉刑であり、婚儀の際にはその女性は花の冠の代わりに藁の冠をかぶらなければならな

テングラー「死刑の因」（木版）

かった。愚者の家は、円筒形の檻で回転式のさらし台である。争いのたえない市場女や性道徳を乱した若者をとじこめ公衆の面前にさらす名誉刑であった。

ここに展示されている鉄面の処女は、一六世紀のもので、大きさは中に人間が入ることの出来るほどのもので女性がマント（恥辱のマント）をはおった形をしている。外面は、すべて鉄が打ち付けてある。風俗規定や道徳規定などに違反した女性が、その中に一定時間とじこめられ公衆の面前にさらされたのである。この鉄面の処女は、専ら名誉刑の刑具である。同じく鉄面の処女と呼ばれる刑具で、外観はこのものと同様であるが内部に金属性の鋭い刺のあるものがあったと言われるが[12]、これは死刑用の鉄の処女である。

その他、この階で注目すべきものとしては、重罪を犯した者につけられた焼印、死刑執行に用いられた斬首刀、貞操帯などがある。

(6) 三階展示室には、法典としては、ハンブルク市法（Das hamburgische Stadtrecht von 1497）、警察規則などが展示されている。ハンブルク市法は、法律の内容を水彩画によっても示しており、ザクセンシュピーゲルと同じ様式であることがわかる。警察規則については、その広範囲に及ぶ内容が水彩画と共に説明してあり理解しやすい。

さらに、注目すべきものとしては、死刑執行人のマスクがある。刑吏が死刑執行の際に用いた鉄製のマスクである。このマスクは、死刑囚の最後の一瞥からもたらされる災いを防ぐと考えられていた。展示してあるローテンブルク年代記によれば、一五〇二年から一六二九年までの死刑執行の数は、ほぼ毎年一人の割合である（当時の人口は二五〇〇〇人だという）。死刑執行人には、市民権がなく、教会も特別の場所に座らなければならなかったという。彼らが使用した斬首刀に刻まれた銘文は、そのささやかな抵抗に思えてしかたがない。たとえば、ここに展示してある一振の中には、「この刀を振りかざさねばならぬとき、哀れな罪人の永久の命を祈らん」(Wan ich das Schwert thue aufheben So wünche ich dem Armen Sünder das ewige Leben）と刻まれている。

一階展示室には、これまで説明した種々の刑具のほか、一四八二年に印刷された古版本の「ユスティニアン」(Justinian)[13] が展示されている。

3　おわりに

以上が中世犯罪博物館に展示してある物の大まかな説明および所感である。具体的な展示品を通して、中世ドイツの刑事裁判・行刑のあらましを把握することができよう。さらに、ローテンブルクでは、毎年夏に帝国都市祭[14]が開催されるが、その中での催物の一つとして犯罪博物館が中心となって中世刑事裁判劇が演じられる。これも興味深い資料を提供してくれる。中世の刑事裁判・行刑の実際を把握する方法は、残された文献や刑具などの物証を通じて一つ一つ検証していくしかない。その意味で、中世の街並みを残しているローテンブルクに居を構える中世犯罪博物館の果たす役割は大きい。

（一九八一年二月）

注

（1）Constitutio Criminalis Carolina, 1532.

（2）Urlich Tengler, Der neue Laienspiegel, 1509, Augsburg 1512 ; Johannes Millaeus, Praxis criminalis persequendi, Paris 1541.

（3）Manessische Liederhandschrift.

（4）Sachsenspiegel. 直訳すると「ザクセンの鏡」ということだが、「鏡」には禁止される行為を絵でもって映しているという意味が込められている。

（5）Die Apokalypse, 1498, 15 Blätter ; Die Grosse Passion, 1511, 12 Blätter ; Das Marienleben, 1511, 20 Blätter.

（6）Spee, Cautio Criminalis, 1631. リッターのドイツ語版（一九三九年）のタイトルは、Cautio Criminalis oder Rechtliches Bedenken wegen der Hexenprosses となっている。

（7）Christian Thomasius は、一六五五年に 哲学者 Jakob Thomasius の息子と

して生まれた。ハレ大学の教授でもあった。

（8） Soldan=Heppe, Geschichte der Hexenprozess, Bd. II, 1.Aufl., 1843, Nachdruck der 3.Aufl. (1911) der Neubearbeitung von Max Bauer, S.188.

（9） J. F. Ritter, Friedrich von Spee, 1977, S. 199.

（10） Heribet Waider, Die Bedeutung der Entstehung der Cautio Criminalis des Friedrich Spee von Langenfeld für die Strafrechtsentwicklung in Deutschland, ZStW, Bd. 83 (1971), S. 707ff.

（11） Die alte Trieren Universität, 1473–1798.　現在は、神学部の校舎となっている。

（12） たとえば、ニュルンベルクのゲルマン博物館に所蔵されているペルルベルク（Perlberg）のリトグラフには、その様子が描かれている。

（13） “Justinian”: Gesetzs–und Rechtssammlung des byzantinischen Kaisers Justinian I (527–565).

（14） Reichstadt　Fest.　私が最初に見物したのは一九八〇年九月のことである。

九月一二日から一四日の三日間にわたって開催された。

【参考文献】

本文中に引用した文献のほか、参考文献としては、次のものが挙げられる。

Herausgaben vom mittelalterlichen Kriminalmuseum in Rothenburg o. d. T., Strafjustiz in alter Zeit, 1980 ; Wolfgang Schild, Alte Gerichtsbarkeit-Vom Gottesurteil bis zum Beginn der modernen Rechtsprechung, 1980. など。

【訳語抄】

文章をスリムにするために、当初挿入していた専門用語等の原語を削除した。語意を明確にするために原語を示しておくと、その主なものは次のようである。

拷問部屋(Folterkammer)、城壁(Stadtmauer)、ロマンス街道(Romantische Straße)、処刑の塔(Strafturm)、絞首刑執行人の塔(Henkersturm)、絞首刑台の塔(Galgentor)、白い塔（Weißer Turm)、絞首刑台通り（Galgengasse)、正義の女神（Justitia)、

地下牢 (Verliese)、親指締付け機 (Daumenschraube)、足締付け機 (Beinschraube)、魔女の椅子 (Hexenstuhl)、刺の椅子 (Stachelstuhl)、捲上機 (Aufzugwinde)、斬首台 (Richtblock)、教会法典 (Corpus juris canonici)、魔女裁判 (Hexenprozess)、修練士 (Novize)、道徳神学 (Moraltheologie)、聴罪師 (Beichtvater)、首バイオリン (Halsgeige)、二重首バイオリン (Doppelhalsgeige)、恥辱のマスク (Schandmaske)、鈴つき恥辱マスク (Schandmaske mit Schellen)、恥辱の笛 (Schandflöte)、藁の冠 (Strohkranz)、愚者の家 (Narrenhaus)、鉄面の処女 (Eiserne Jungfrau)、さらし台 (Pranger)、焼印 (Brandeisen)、斬首刀 (Richtschwert)、貞操帯 (Keuschheitsgürtel)、警察規則 (Polizeiverordnung)、死刑執行人のマスク (Scharfrichtermaske)。

【追記】 本稿は、一九八〇年一一月頃、トリーア大学法学部の研究室で執筆し、雑誌「Law School」に掲載したものである。今回、脚注を付すとともに、本書リブレットの趣旨に沿って、文章を平易にし、訳語抄を付した。なお、専門的な叙述が残っているが、その部分は読み飛ばしていただければ幸いである。
一九八〇年の夏、トリーアに赴く前、二カ月ほどローテンブルクに滞在していたが、中世犯罪博物館には頻繁に足を運んだ。ローテンブルクで過ごした日常は今でも懐かしい。霧の中の街並み、黄昏時の石畳、静寂の中に流れる鐘の音、いずれも観光客で賑わう昼間の喧噪とは別のローテンブルクの中世の顔であり、絵になる世界であった。もう三〇年以上も昔の話である。

（二〇一一年三月）

Ⅳ　坐忘居随想

著者作・木版画「胡人の舞」

1　雅号と座右の銘

雅号の篆刻

学長に就任したとき（平成一六年）のことである。法学部昭和四五年卒の同期生で篆刻家である山田隆二さんが、雅号として何を使っているのかと尋ねて来た。雅号を使って随筆を書いてこなかったし、版画を彫る場合にも、雅号を意識していないので、何も無いという返事をした。山田さんは、学長就任の記念に篆刻にするから、敢えて使うとするとどうなのだと言うのである。そこで、書斎で研究に没頭しているときは、自分が机に座っているることさえ忘れて、ただ思考の空間のなかで研ぎ澄ま

「坐忘居主人」

された気だけが働いているという話をしたところ、それでは「坐忘居」でよいのではないかということになった。

しばらくして、山田さんから「坐忘居主人」と彫られた篆刻が届けられた。雅号は同期生との合作であり、老子、荘子を読みふけった若き日の表象でもある。有り難きは同窓の友情である。

座右の銘の篆刻

座右の銘については、自分なりに考えて作ったものがある。それは、「畏れず、怯まず、凛として生きる。」というものである。この座右の銘の篆刻は、ゼミの卒業生が私の還暦を祝ってくれたのが契機となって出来上がった。この篆刻は、人の絆と縁のなせる業であると思っている。

座右の銘を篆刻にするには、漢文表記にした方がよい。「畏れず、怯まず、凛として生きる。」を、「不畏不怯、凜而生」としてみたものの、漢字のすわりが悪いので、どうしたものかと考えていた。平成一九年四月から、中国の留学生（法学研究科博士後期課程）である張光雲君が私の研究室にいるので、私の座右の銘を漢文にしたらどういう表記がベターなのか検討するように頼んだ。

張君の意見では、「先生の考え方を現すためには、『不畏不怯』より『無畏無怯』のほうがよい。後段は漢文の訳が難しいが、『凜然正氣』としたらどうだろうか。」ということだった。前段の部分は張君の表記の方が良いが、後段についてては、「生きるという過程が大事なので、『凜然貫生』とした方がいいように思うが、意味が通じるだろうか。」と尋ねたら、意味は通じるということなので、「無畏無怯、凜然貫生」の八文字で表記することに決めた。張君がこの八文字を中国語で読んでくれたが、音声のリズムも心地よかった。これで、座右の銘の漢文表記は決まった。

問題は、八文字を篆刻にすることである。これについては、一案が頭の中にあった。もうかれこれ七、八年前のことである。正月を故郷の宮崎で過ごし、東京に戻ってきた時、たまたま池袋の東武デパートで中国の工芸作家の展示会を開いているのを見つけたので、会場に行ってみた。そこで、素晴らしい篆刻の作品に出合った。篆刻の線が柔らかく穏やかで、しかもキリッとした緊張感がある。穏やかな気品の中に気骨が感じられるのである。木版画を彫る私の目は、その篆刻の柔らかく穏やかな線が石材から醸し出されていることに釘付けになっていた。そこに偶々、作者の王志倫さんが近くにいて、いろいろ説明をしてくれたのである。どうしても王さんの作品が欲しくなったが、宮崎からの帰りなのでポケットには十分な持ち合わせがなかった。しかし、どうにかこうにか作品の一つ「明鏡止水」を買い求めることができた。

こんな経験もあって、座右の銘を篆刻に彫ってもらうなら、あの王さんに限ると思っていた。そこで、私は、王さん宛てに一枚の葉書を書いた。だいぶ以前の住所なので届かないかもしれないと思いながら、篆刻を依頼する趣旨を書き、投函した。一週間過ぎても連絡がないので、もう中国に帰国されてしまっているのだろうと諦めかけていたところ、音信があった。数日後に、王さんが神田校舎の理事長室に訪ねて来てくれた。

王さんは上海の出身である。王さんは、まだ日本に滞在して篆刻家として活動しているが、上海に用務がありしばらく日本を離れていたため、連絡が取れなかったのである。王さんは、日本に戻って来て私の葉書を読み、以前に私と話したことを思い起こし、すぐに連絡を取ってくれたのである。偶然の短時間の出合いであっても、人の固い繋がりが生じる不思議さを、有り難く思った。私の座右の銘に感じるものがあり、是非篆刻に彫ってみたいとの王さんの申し出を受け、漢字文化の共有に喜び一入であった。

さらに、王さんは、私が学長になったのが嬉しいので、座右の銘の篆刻が出来上がったらお祝いにプレゼ

「無畏無怯、凜然貫生」

ントしたいというのである。王さんは、平山郁夫画伯や細川元首相などの落款も彫っていて、今や篆刻家としては著名な作家になっている。若いときの出合いを大切にしてくれていることは本当に嬉しいことだ。しかし、私のゼミの卒業生が還暦の祝いを形にしたいというので、篆刻の作製を依頼していることから、有償でなくては困るという話をした。それでも、若い時に私と出合ったときの気持ちを大切にしたいという王さんの意志を変えることは出来なかった。そこで、座右の銘の篆刻は、若き日に出合った友の心情がこもったものとして有り難く受け取ることにして、ゼミの卒業生の思いを形にするために、別途、墨彩画や木版画の落款用として「義博」を鳥蟲《ちょうちゅう》文字で篆刻に作製してもらうように依頼した。信義の人である王さんは、ようやく私の申し出を了とした。

鳥蟲文字の篆刻を彫れる作家はめったにいない。王さんは、貴重な存在の一人だ。依頼した二つの作品は、二カ月かかって完成した。これらの篆刻は、ゼ

「義博」

ミの卒業生との絆の証であり、王さんとの友情の証である。

（二〇一一年三月）

2　人生観に学べ

私が専修大学法学部に入学したのは、昭和四一年のことでした。宮崎の高校の恩師から法律を学ぶなら東京だと言われ、東京駅から行き方もよくわからぬまま、試験会場にたどり着くことが試験でした。

学生時代は、大学対抗の関東学生法律討論会に夢中になりました。各大学の代表者が課題に対する論旨発表により優劣を競うのですが、寝食を忘れて考え、負け知らずでした。優勝すると開催校の校門で母校の校歌を歌えるのが快感でした。

神田校舎の「黒門」

明治学院大学大学院では植松正先生に師事し、その後、二七歳で専修大学の教壇に立ちました。

今思うと、当時は自分自身が学問の先端領域で闘うことで精一杯でしたから、講義では学生に易しく解き明かすという姿勢に欠けていたかもしれません。しかし、研究者としての最先端の取り組みを見せ、人生観や生きざまも伝えなければ大学ではないと思っていましたし、学生もよくそれについてきてくれました。

一方、若いころは、ゼミの学生と一緒によく遊びました。スキー、テニス、クルマ、カラオケなどの楽しみは、すべて学生に教わりました。最近は、さすがに学生と大騒ぎすることはなくなりましたが、今私にできることは、学生が人生に悩んだり、将来に迷った時、大きく包み込んであげることだと思っています。

大学四年間は、その人独自の感性が培われる時期です。精神的にも肉体的にも非常に柔軟な時期に、誰と出合い、何を身につけるかは、その後の人生を決定する重要な問題です。そうした貴重な四年間を無駄にしないでほしいと思います。

それは何も一筋に勉強せよという意味ではありません。対象はなんであれ、自分の身になるものと出合うチャンスを逃がしてはいけないということです。そういう機会は、専修大学にはたくさんあると考えています。

大学には、多様な人生観を持った教員がいます。若い教員からは人間的なバイタリティーを、年配の教員からは何歳になっても衰えない知的好奇心を、学び取ってほしいと思います。

（二〇〇八年五月）

3　山椒の記

渡部光（教育学者）さんが専修大学に着任したのは、昭和五九年四月である。法学部教授会に初めて出席し、私の斜め前に座ったときの渡部さんの端正な姿が今でも鮮明に思い出される。爾来約二五年の間、心の通じ合う親しき友であった。楽しい時も苦しい時も、共に人生を語り合えた友が今はいない。自宅の庭の山椒を見るたびにまだ心が痛み、人の命の儚さを思う。

もうかれこれ一〇年ぐらい前のことである。入間に今の家を建てた時、渡部さんは庭に大きな木を一本植えると落ち着きが出てよいと助言してきた。しかし、居合の稽古をする空間はあるものの、大きな木を植える広さなどない狭い庭なので、そんなことは無理だと言ったら、足柄から山椒とクチナシの木を持ってきた。私の宮崎の家の築山には山椒の木があり、春になると竹山から筍を掘り出して、山椒の若芽を和え物にして旬の筍を食し、静かに藤の花を見ながら焼酎を飲むのが楽しみだし、初夏には泉水の縁に植えてあるクチナシの白い花の香りで目が覚める、という実家の話をしたのを渡部さんは覚えていたのである。渡部さんが持ってきた山椒とクチナシは入間の庭に根付き、春になると筍に山椒の若芽を和えて食べ、初夏にはクチナシの花の香りが庭から書斎に漂ってくるという風情をもたらした。

それがどうしたことか、今年も宮崎から送ってきた旬の筍を食べるというので、庭に出て山椒の若芽を摘もうと思ったら、知らない間に山椒の木が枯れているのである。庭の山椒も渡部さんと共に一生を終えたのかと愕然とし、不思議でならなかった。ところが、五月に入って、元あった山椒の木の近くに、新しい山椒の木の芽が育っていた。渡部さんは、楽しみを送り続けるために、二代目の山椒を芽吹かせたと思わざるをえなかった。友は死しても、木の香に乗せて友情を送り続けている。

山椒の若木

昨年の一一月三〇日に、足柄上病院に入院していた渡部さんを見舞った。二九日に、しばらく音信がなかったので電話したところ、脳内出血で倒れて入院していることが分かり、病院に会いに行った。渡部さんは、左側が動かず、もう言葉を発することができなかった。筆談で意思疎通ができた。リハビリで元気になったら、神田でコーヒーを一緒に飲みたいと書いて、涙をながしながら、しっかり手を握った。たしかな握力が残っていた。私も必ずや回復すると思った。しかし、その後も熱が下がらず、リハビリに入ることはかなわず、容態が悪化し、平塚共済病院に転院した。一二月一八日、評議員会の会議中に、私のもとに危篤のメモが届いた。会議が終わるまでは動けず、病院に駆けつけた時は、すでに夜の一〇時を過ぎていた。雨が降っていたのがなぜか記憶に残っている。私が会いに行ったとき、奇跡的に酸素マスクを外して声を発した。差し出した手にもう力は無かった。かすかに耳に聞こえたのは、「ひーちゃん、ありがとう。さよなら。」という言葉だった。悲しくも、これが私が聞いた最後であった。私は、何の言葉も返せず、手を強く握り返し、静かに見守るしかなかった。

その夜、奥様から、声を出すための訓練をしている時、「専修大学、万歳。」とはっきり声に出して、まわりをびっくりさせたことがあったことを聞いた。いつも専修大学を思っていた渡部さんらしい逸話だが、「さよなら」という言葉はもう最期を覚悟している声だっただけに、胸がふさがった。渡部さんは、その夜は危険な状態を脱したものの、二一日の夜、息を引き取った。

一二月二六日に告別式が行われ、小田原郊外の丘の上で荼毘に付された。よく晴れ渡り、そこからは相模湾が一望できて、海の青さが目にしみた。空気が澄んでいて、光の透明感が一段と冴え渡っていた。光には色はない。光は、客体が持っている色彩を引き出すだけである。光に照らされて、物に内在している色彩が放たれるのである。渡部さんの名前は、「光」である。まさに名前どおりに、渡部さんは多くの学生に光を当て、学生の個性を引き出し専修人としての自信を持たせせた。奥さんや二人のお嬢さんの佇まいを見ていても、家族に光り照らしていたことが分かる。友である私にとっても光であった。荼毘に付された日の澄んだ空気と色彩の透明感は、渡部さんのなせる技だと思いながら、君が天に昇るのを見守った。

今、山椒の若葉が日差しの中で透明感のある柔らかな緑色を発している。まもなく、クチナシの白い花の香りが書斎に漂う。君は光の中に生きている。「渡部さん、ありがとう」

（二〇〇九年七月）

4　槐の花

槐《えんじゅ》の木目は詰んでいて光沢があり、木工細工の素材としても面白い。槐で作った棗《なつめ》や花器を見て、その木目や木膚の美しさに魅せられ、自分でも何か細工をしてみようと思い、高知の山奥に行ったとき、槐を切り出してもらい製材して持ち帰った。材が乾燥してから、硯の台と蓋を作ろうと考え、一部彫り始めたが、材質が予想以上に硬く、未だ完成せず、書斎の隅に置いたままになっている。

槐は、マメ科の落葉喬木であり、高さは一五メートルから二〇メートルぐらいにもなる。初夏に黄白色の蝶形花が多数咲き、花のあとは、藤の花と同様にサヤをつけてその中に実を結ぶ。中国の原産だが日本には古くから渡来している。ラテン語の植物名は、ソホラ・ヤポニカ（Sophora japonica）となっており、なぜか日本名が入っている。植物にも血液型物質があり、糖鎖の構造によってヒトの血液の場合と同様にＡＢＯ式血液型の分類ができるが、エンジュレクチンの糖鎖構造を分析した友人の吉田治弘教授の研究によれば、槐の血液型はＢ型という結果が出されている。

槐の彫刻「フクロー」

この槐の花は、牽強附会に当たるかもしれないが、司法試験の花としてシンボル化されうるものである。漢文に「槐花黄擧子忙」(槐花黄ばみ、擧子忙し)という言葉がある。遣隋使・遣唐使が中国に渡っていた時代、中国では官吏登庸試験である科挙が行われていたが、その時代の話である。槐花が黄ばむ頃、つまり陰暦七月に、科挙の試験科目(秀才、進士、明経など六科目があった)の一つである進士の試験が始まったことから、槐の黄白色の花が咲き始めると、進士の受験生(擧子)は多忙となったのである。このことから、「槐黄」は試験の時期を意味する言葉にもなっている。

わが国では、大化の改新の後、唐の法制度を手本として律令制が導入され、刑法典としては、唐律を継受した大宝律(七〇一年)・養老律(七一八年)の制定がなされるに至るが、官吏登庸試験としての秀才や進士の試験も持ち込まれたのである。これらの試験は、大学から推薦された学生に対して式部省が課すものであったが、秀才の試験は方略策、つまり国家の根本問題についての論文試験であり、一方、進士の試験は時務策、たとえば「盗賊をなくすためにはどのような方策があるか」というような問題の論文試験であった。科挙ないし律令制によるこれらの試験を、今日の国家試験と対比するならば、司法試験あるいは国家公務員試験が引き合いに出されることになろう。そうして、試験の難易度からすれば「擧子」は、まさに司法試験の受験生ということになろう。したがって、槐の花は、司法試験に縁のある花なのである。

槐の黄白色の花が咲き始めるのは、初夏であり、今日の司法試験の試験時期とは一致していない。「槐花黄」という言葉に託されていた風土的情緒や精神的な豊かさは、今日では遠い存在になっている。槐がわが国に何時渡来したのかは分からないが、律令制を導入しようとした当時のリーダーたちの頭の中に「槐花黄」という言葉がよぎったであろうことは想像に難くない。注意をして回りをみまわしてみると、山中だけでなく、街路樹や屋敷にも槐が生息していることに気づく。槐も渡来していたが、「槐花黄」という精神的風土は根付きにくかったのであろう。

明治維新後、わが国は、ヨーロッパの法制度を導入したが、その際にも日本的な精神風土や感性を捨てることなく、ヨーロッパの法システムをうまく組み込んでいったのである。しかし、法概念の多くが日常生活の用語とはかけ離れたものになってしまい、法概念から精神的な風土や感性を読み取ることが困難になってきている。極端な法実証主義に陥らないためにも、この点は考え直さなければならないことである。

槐の花は、藤の花の形をしていて黄白色である。最初に見たときは、「藤の花は四月に咲くのに、初夏に黄白色の藤の花とは、変わった山藤もあるものだ。」と思った。しかし、よく見ると、山藤の蔓が高木にからまっているのではなく、高木の花であった。それが槐との出合いであった。司法試験の勉強をしていたら、槐の花が黄ばむ頃は、論文試験の準備で、花を愛でるどころではないという答えが返ってきそうであるが、「擧子忙し」という言葉の裏側には、季節の移り変わりの醸し出す情景の中で勉学に勤しんでいる人間の姿があることを失念すべきではなかろう。いかなる苦境にあっても、風情を楽しむ心の余裕だけは失ってはならない。槐の花を司法試験の花とし、感性の豊かな法律家を目ざして勉学されんことを期待したいものである。

（一九九六年一月）

5　文武一如

1　居合の手ほどきを受けたのは、大学院の学生のときだった。以来、約二〇年間（現在では四〇年間）、趣味でやっていますと言いながら稽古を続けている。居合を始めた切っ掛けは、当時大学院の主任教授をなさっていた海法の高梨正夫先生が、「刑法を専攻している日髙君には、教えるものがないから居合を教えます。来週から研究室ではなくて体育館に来なさい。」とユーモアたっぷりにさそっていただいたことからだった。

高梨先生は、当時、居合道錬士六段であり、夢想神伝流の居合をつかわれていたが、そのことは、先生の博士論文である『密航者法論』を読んでいる限りでは想像もつかないことであった。「相手に武道ができると思わせたのではすでに不利である。武道とは縁のないような自然な姿をしていた方が何かと利がある。」という実践的な話を先生から聞いたのは、居合の稽古がある程度すすんで、いわゆる「居合の勝負は鞘の内」という格言を講釈してもらったときだったが、高梨先生の日頃のもの柔らかな態度の奥に鞘離れの一刀が潜んでいたことを、当時は知るよしもなかった。

2

高梨先生が居合の稽古を私に薦められた理由は、「研究者は体力が勝負だ。論文を書くときには、体力がないと書き抜けないし、自分の見解を貫く精神的な強さがないといけない。そのためには、武道をやるのがいいが、一人でも稽古のできる居合は、研究生活を送るには向いているからやってみなさい。」というものだった。武道には関心があったし、文武両道とは言えないまでも、その真似ごとぐらいは出来るかもしれないと思って稽古を始めた。

最初のうちは、袴をはいて帯刀したら、刑法の研究とは全く切り離された別の世界に飛び込んだような気がしていた。私にとって「文」である刑法学と「武」である居合道とは、異質な世界の両極であり、まさに両道を歩んでいる気がしていた。しかし、最近では、文武両道というよりは、むしろ文武一如であるような気がしてきている。

3　居合の稽古では、反作用の動きを一つに統合しなければならなかったり、動の中に静を、あるいは静の中に動を求めたりするため、思弁的には相矛盾するものを無意識的に動きの中で合一していくことが要求される。しかも、思弁的な意識の世界から心を解き放ち、ものの実体に直に迫ることを自ら体得しなければならず、型や技の修得はその契機にすぎない。真剣を腰に差して自ら想定した敵との間合を図り、気と剣と体が一致するように抜き付けるという動作の一つをとっても、人間の身体はなかなか自分の思うようには動かないものである。型として出来上がったと思っていても、実際に巻藁や青竹を仮想敵に見立てて動きの中でそれを斬ってみると、間合の取り方や気剣体の一致が瞬間的にでも

抜打袈裟斬り（飯村毅撮影）

崩れると斬り抜くことはできないし、斬れたとしても刀が曲がってしまうことになる。刃筋が立っていないとか、手の内が出来ていないと注意してもらっても、そのことの実体を自ら体得しないことには意味をなさない世界なのである。

これに対して、刑法学の場合には、合理的・論理的思考が支配している。論理的な矛盾は許されない。事案の解決に際し、具体的妥当な結論を引き出すにも、理論的整合性がなければならない。わが国の伝統文化の根底に流れている不立文字の世界とは逆に、刑法の論文を書く場合には、言葉でもって考えの道筋を明らかにし、自己の価値判断基準を示し、しかも相手を説得あるいは納得させなければならない。「文」としての刑法学は、いわば思弁的な意識の世界なのである。

4　このように対比すると、文と武は異質の世界のものである。しかし、刑法学も、理論の根底にはその人の価値観・世界観が据えられており、人間存在の本質に目を向けなければならない。この点から居合道と刑法学とを見つめなおしてみると、発見の論理や矛盾の克服方法など共通する面が多々あり、ものの本質に迫る上での方法論にも似たところがあるのである。文武一如と思われる二、三の例を挙げてみよう。

居合の型の稽古や試斬をしているとき、相矛盾する体の捌きや刃筋の通し方などをイメージの中でうまく描くことができるようになると、実際にやってもうまく出来る。刑法理論を構築する場合にも、同じようにイメージの中で理論構成を繰り返し行い、理論を頭の中でうまく描ききると、新しい理論も文章にするのが容易である。

事案解決のために考えつめた後、散歩に行ったり、風呂に入ったりしてリラックスしていると、雲間から突然光がさすように、問題が突然解けることがある。これは、試斬の稽古でスランプに陥ってさんざん悩んだ後、リラックスしていて突然にスランプを脱することがあるのに似ている。

また「学は人なり」と言われる。学問がその人の人生観・世界観を反映するものであるように、「剣も人なり」と言える。その人の品位や風格が居合にも出るのである。「数年待ってもよき師をさがせ」と言われるのは、師匠の剣風が弟子にも伝わるからであろう。恩師である植松正先生の刑法理論は、居合で言うならば「電光影裏、春風を斬る」という言葉で表現するにふさわしいが、その剣風は、文武一如の精神で是非受け継ぎたいものである。

（一九九四年一月）

6　倫理観の迷走からの脱却

昨今の犯罪現象を見ていると、第二次世界大戦後の価値観にどこか歪みが出ているように思える。今まで想像もできなかったような凶悪な犯罪が静かな田舎で起きる。子どもが親をいとも簡単に殺し、親が子どもを簡単に餓死させてしまう。エリートの犯罪も珍しくなくなってきている。通常では脱線しにくい違法行為がいとも簡単に行われるのは、規範的な歯止めがかからなくなってきている証左である。その要因としては様々なものが考えられるが、一つは倫理観の迷走である。

団塊の世代である私は、戦後の新たな価値観の転換のもとで教育を受けた。絶対的な価値があって社会が動くのではなく、価値相対主義の考え方が民主主義の基本であり、自由主義の下に個人の尊厳を図るべきだというものである。このテーゼは、今日では膾炙されているが、個々人が人生を全うする上で必要な価値意識や倫理観をどう身につけるのかという点の教育は、今日なお等閑視されているように思われる。極端な場合には、戦前のものであるというだけで、日本の文化に根付いている美意識や価値意識まで否定しようとする動きもあっ

1800年代のエッチング

た。そのため、拠って立つべき道徳体系が見えなくなり、自分の信念を持てず、生き方に自信を失っている人が目立つようになってきたのである。ここに、行動に規範的なブレーキが利かない原因がある。

個々人が自己の倫理観や価値体系を持ち、相互に尊重しあう土壌があってはじめて、価値相対主義の社会が成り立つ。倫理観や道徳律は自律の術である。それなくしては、社会は無秩序の世界となってしまう。これからの日本がそういう社会であってはならない。

倫理観の迷走から脱却する方策を、個人の問題にとどまらず、教育の問題、さらには社会システムの問題として考えなければならない。新渡戸稲造が言わんとした「道徳体系としての武士道」を見直し、人間のあり方を規定するものを拾い直していくのも一つの方法であろう。心身の鍛練を通して沁みていく道徳律、倫理観を個人の社会的活動の根底に据えるのも、倫理観の迷走から脱却する一つの道である。

（二〇〇九年一〇月）

初出一覧

Ⅰ　読書と人生

入間市立図書館主催「国民読書年記念文学講演会」
（二〇一〇年一一月一四日、於＝入間市産業文化センター）

Ⅱ　読書随想

1　タイ社会に対する日本の影（「ニュース専修」二四五号、一九九〇年七月）
2　一六世紀のドイツ死刑執行人の記録（「ニュース専修」二三二号、一九八九年七月）
3　脱獄魔を更生させるもの（「法学セミナー」三九二号、一九八七年七月）
4　奥義と日本文化の底流（「ニュース専修」二七一号、一九九二年一二月）

Ⅲ　滞独随想

1　パーティー作法　専修大学育友会報「育友」六〇号
2　ファッケルツーク　「専修大学今村法律研究室報」一〇号
3　イエーナのフォイエルバッハ　「ジュリスト」九九二号
4　ハレ大学雑感　「専修大学今村法律研究室報」三二号

5　ローテンブルク中世犯罪博物館　Law School　二九号

Ⅳ　坐忘居随想

1　雅号と座右の銘　書き下ろし
2　人生観に学べ　専修大学育友会創立五十周年記念誌「10倍よくわかる専修大学」
3　山椒の記　「専修法学論集」一〇六号
4　槐の花　「受験新報」五四〇号
5　文武一如　「警察公論」四九巻一号
6　倫理観の迷走からの脱却　「時評」二〇〇九年一〇月号

著者紹介

日高　義博（ひだか　よしひろ）

1948年　宮崎県に生まれる
1970年　専修大学法学部卒業
1975年　明治学院大学大学院法学研究科博士課程単位取得退学
同年、専修大学法学部専任講師
現在　専修大学長・学校法人専修大学理事長
専修大学法科大学院教授
法学博士、居合道５段
司法試験考査委員、石の博物館監事、日本私立大学連盟監事
など歴任
主著　『不真正不作為犯の理論』（２版・1983年、慶應通信）
『現代刑法論争Ⅰ、Ⅱ』（２版・1997年、共著、勁草書房）
『刑法における錯誤論の新展開』（1991年、成文堂）
『違法性の基礎理論』（2005年、イウス出版）
『刑法総論講義ノート』（３版・2005年、勁草書房）ほか

SI Libretto —— 005

読書と人生——刑法学者による百学百話

2011年7月25日　第1版第1刷発行

著　者　　日高義博

発行者　　渡辺政春

発行所　　専修大学出版局

〒101-0051 東京都千代田区神田神保町3－8

㈱専大センチュリー内

電話 03（3263）4230㈹

装　丁　　本田　進

印刷・製本　株式会社加藤文明社

ISBN978-4-88125-262-8